Barbara Rose

Das Bücherschloss
Schülerin der dunklen Magie

Bisher erschienen:

Band 1: Das Geheimnis der magischen Bibliothek
Band 2: Der verzauberte Schlüssel
Band 3: Eine uralte Prophezeiung
Band 4: Ein verhängnisvoller Pakt
Band 5: Der tintenschwarze Schlafzauber
Band 6: Schülerin der dunklen Magie

Barbara Rose

Das Bücherschloss

Schülerin der dunklen Magie

Band 6

Mit Illustrationen von Annabelle von Sperber

Loewe

ISBN 978-3-7432-1646-4
1. Auflage 2024

Umschlag- und Innenillustrationen: Annabelle von Sperber
Umschlaggestaltung: Ramona Karl
Printed in the EU

www.loewe-verlag.de

Inhalt

1. Kapitel

Buchdiebe und Buchretter

Sie ist leer!"

Fassungslos starrte Becky in die mit rotem Samt ausgekleidete Kiste, welche die Kobolde von Königin Pomeranza mitten in deren Thronsaal abgestellt hatten.

„Hast recht, Becky. Komplett leer, kein Buch mehr drin", bestätigte Hugo, der neben seine Freundin getreten war.

Ben warf ebenfalls einen Blick in die Kiste. „Tatsächlich. Sie haben es gestohlen."

Pippa hob den roten Samt heraus und untersuchte, ob vielleicht etwas darunterlag. „Blöd gelaufen. Das Buch ist verschwunden. Das wird mächtig Ärger geben."

Eigentlich hätte in der Kiste mit der Schnitzerei ein Zauberbuch mit dunkler Magie liegen sollen – das Buch der ehemals bösen dreizehnten Fee Malina aus der Geschichte des Dornröschens. Gerade hatten Malinas Kobolde ihr jedoch eine schreckliche Nachricht überbracht: Das Rumpelstilzchen und die Giftzwerge, die sich schon einmal gegen Königin Pomeranza verschworen hatten, mussten das Buch aus deren Kutsche gestohlen haben.

Eine riesige Katastrophe!

Malina hatte dieses Buch eigentlich ihrer Königin als Zeichen des Vertrauens schenken wollen. Im Anschluss sollte Malina wieder in den Feenrat aufgenommen werden. Und jetzt war das Buch weg!

„Ich kann es nicht glauben! Mein Buch! Vorhin lag es noch friedlich in meiner Kutsche.“ Malina, die sich in den vergangenen Tagen von der bösen zur guten Fee gewandelt hatte, stöhnte. „Ich hatte extra noch diese hübsche Kiste anfertigen lassen. Und jetzt ist sie leer. Ach, herrje!“

„Beim Pottwal, wie konnte das passieren?“ Kapitän Krummsäbel, der kolossal dicke Piratenkapitän mit dem Holzbein und der Augenklappe, rammte seinen spitzen Säbel in den königlichen Parkettboden.

Becky und ihre Freunde kannten Krummsäbel schon seit ihrem ersten Abenteuer. Sie wussten, dass er ein herzensguter, aber ziemlich aufbrausender Kerl war.

Der Kapitän war mit seiner Mannschaft extra zu Malinas Aufnahme in den Feenrat und zu der anschließenden Feier ins Schloss gekommen. Jetzt war Krummsäbel sauer, weil das Fest wohl abgeblasen werden musste.

Königin Pomeranza saß nachdenklich auf ihrem Thron, aufwendig gekleidet in ein Gewand aus dunkelrotem Samt. Auf ihrem Kopf leuchtete die goldene Krone der magischen Welt. Neben ihr stand Prinz Alvar, der Cousin der Königin und Herrscher über das Nordland.

„Das Rumpelstilzchen hat es also wirklich gestohlen? Zusammen mit seinen fiesen Kumpels, den Giftzwergen?“, wandte sich Prinz Alvar an die Kobolde. Er kniff die Augen zusammen, bis sie schmale Schlitze waren. „Oder ist das ein Trick von unserer lieben Malina, die eine gute Fee sein möchte, in ihrem Herzen aber noch immer böse ist? Versucht sie uns etwa alle zu täuschen?“

„Hört, hört!“

Ein Raunen ging durch den gesamten Hofstaat sowie die Piraten- und die Räuberbande aus dem blauen Nebelwald, die sich entlang des roten Teppichs versammelt hatten. Ebenso wie der gestiefelte Kater, die kleine Hexe und viele andere Bücherwesen.

Die Kobolde nickten heftig.

„Kein Trick. Ist die Wahrheit. Malina ist jetzt eine gute Fee und kann nix dafür. Gar nix“, brummte ein Kobold mit roten Wangen.

„Wir konnten die Schurken nicht aufhalten“, erklärte ein langer, dünner Kobold.

„Oh, warum habe ich nur nicht besser aufgepasst? Ich hätte das Buch mit in den Thronsaal nehmen sollen, statt es in der Kutsche zu lassen. Es ist das mächtigste Buch über dunkle Magie in der gesamten magischen Welt, ein Buch voll düsterem Zauber. Aber wer kommt schon auf die Idee, dass Diebe es stehlen und damit fliehen könnten?“ Die dreizehnte Fee raufte sich die Haare. „Alles umsonst, das Fest kann nicht mehr stattfinden.“

„Verflixt und zugenäht, was ist denn jetzt mit der Feenparty?“, brüllte Räuberhauptmann Thore, der voller Vorfreude mit seinen sechs Kumpanen aus dem blauen Nebelwald ins Schloss gestapft war. „Wir wollen feiern! Essen, trinken, Spaß haben.“

Schon hob er seine Knallbüchse und machte Anstalten, seinem Ärger mit einem Schuss in die Decke Luft zu machen, da erhob sich Königin Pomeranza von ihrem Thron und schritt durch die wartenden Gäste. Neben Becky und ihren Freunden blieb sie stehen und betrachtete ebenfalls die Kiste.

„Es ist in der Tat weg. Mit Sicherheit gestohlen. Warum sollte Malina ihre eigene Feier und die Wiederaufnahme in den Feenrat aufs Spiel setzen, lieber Alvar?“

Die Königin blickte zu ihrem Cousin. Dann nacheinander zu den Wachsoldaten, den Dienern, zu ihrem Gefolge, den elf Feen, die sich im Saal versammelt hatten, schließlich zu Becky und ihren Freunden Hugo, Ben und Pippa samt Streifenhörnchen Lotti und Hund Watson.

„Becky, liebste Freundin, wir haben es also mit Buchdieben zu tun. Gleichzeitig steht ihr, die Bücherretter, vor mir. Schade, dass euer Freund Mo mit seinem fliegenden Teppich zu Ali Baba und den vierzig Räubern unterwegs ist. Bestimmt hättet ihr euch todesmutig und umgehend mit ihm auf die Suche gemacht und den Schurken das Buch entrissen.“ Königin Pomeranza donnerte verärgert ihr Zepter auf den Boden. „Hast du nicht eine Idee,

wie wir Malinas Buch zurückholen können? Nichts ist schlimmer, als wenn ein Zauberbuch mit dunkler Magie in die falschen Hände gerät. Das könnte das Ende unserer friedlichen Heimat sein!"

„Wuuuuuhuuuhu", jaulte Watson.

Die Königin streichelte dem Tier sanft über den Kopf. „Wie sieht es mit euch aus – Hugo? Ben? Pippa?"

Nacheinander sah sie die vier Mädchen und Jungen an, die gerade erst ihr letztes Abenteuer in der magischen Welt beendet hatten: die Aufhebung des tintenschwarzen Schlafzaubers, den die damals noch böse Fee Malina über Pomeranzas Reich gelegt hatte.

Becky ließ sich auf den Boden plumpsen und hockte sich im Schneidersitz neben die Kiste. Lotti, Beckys Streifenhörnchen, kuschelte sich in ihren Schoß. Nachdenklich klopfte Becky mit der flachen Hand auf den Parkettboden und bedeutete ihren Freunden und allen Bücherwesen, die sie beim letzten Abenteuer begleitet hatten, sich zu ihr zu setzen. Und das taten sie:

Hugo und Ben und Pippa, die Prinzessin auf der Erbse, Igor, der kleine Feuerdrache aus Schloss Rosenbolt, der

Drache Ratzimo aus dem gleichnamigen Kinderbuch, Pepino, der Gurkenmann, und der Fehlerteufel nahmen schweigend im Kreis um die Kiste Platz. Auch Malina und Pomeranza ließen sich auf dem Fußboden nieder.

„Aber ... aber, holde Königin. Majestät!“ Luitpold, der Chef der königlichen Garde und Cousin von Ferdinand aus der magischen Bibliothek, bekam Schnappatmung. „Das ... also, verehrte Pomeranza ... Sie können doch nicht auf dem Fußboden ... um Himmels willen!“

Er schnappte sich ein Kissen vom Thron, flitzte zur Königin und schob es ihr unter den majestätischen Po.

„Danke, mein Bester.“ Königin Pomeranza nickte huldvoll. „Aber es ist auch auf dem Boden recht gemütlich.“

„Gemütlich vielleicht, aber nicht königlich“, gab Luitpold zurück.

Mit vielen Verbeugungen schlich er wieder zurück auf seinen Platz neben dem Thron.

„Also, was machen wir jetzt?“, wiederholte die Königin.

Becky legte den Kopf schief. „Ganz ehrlich? Ich bin kaputt und nicht mehr in der Lage, mir heute noch etwas Sinnvolles auszudenken, und außerdem ...“

„Außerdem, hallihallo und hallöchen, wenn ich kurz unterbrechen dürfte?" Pepino, den Pippa für das letzte Abenteuer aus einem Buch herausgelesen hatte, baute sich vor der Königin auf. Er war eine Gurke mit einem breiten Mund, großen Kulleraugen, einer Gartenschürze, einem Spaten und riesigen Händen und Füßen. „Als Pippa meine Geschichte gelesen hat, war ich ein Schwebewesen. Also unterwegs zu einem anderen Kind, das gerade das Buch über mich angefangen hatte. Pippa war flotter im Lesen und hatte ein Bild von mir in ihrer Fantasie, deshalb bin ich zu ihr gekommen." Pepino blinzelte. „Aber länger kann ich nicht hierbleiben. Ich muss zurück in mein Buch. Andere Kinder warten schon."

„Geht mir genauso!", brummte Ratzimo.

Der knallrote Drache mit den grünen Flügeln und Zacken, der Becky und ihre Freunde ebenfalls bei der Überwindung des tintenschwarzen Schlafzaubers unterstützt hatte, spuckte eine hohe Feuersäule in die Luft.

Zissssch!

Leider hatte sich Ratzimo in der Richtung geirrt. Statt nur in die Höhe zu lodern, leckte die Flammensäule an einem der schweren Vorhänge an den Fenstern.

„Aaaaachtung!", rief Luitpold, packte eine riesige Blumenvase, pfefferte den Rosenstrauß zur Seite und schüttete das Wasser über den brennenden Vorhang. „Offenes Feuer ist im Thronsaal der Majestät strengstens verboten!"

„'tschuldigung", meinte Ratzimo verlegen. „Ich übe noch. Beim nächsten Mal fackel ich bestimmt nichts mehr an."

„Hoffentlich wird es kein nächstes Mal geben", antwortete Luitpold streng.

Der Drache senkte den Kopf. „Eigentlich wollte ich Pepino nur recht geben. Ich sollte endlich zu dem Kind, das meine Geschichte genauso gern lesen möchte wie Pippa."

„Auch ich muss wieder fort, man erwartet mich an einem anderen Ort", reimte der blaue Fehlerteufel.

Er hatte die Freunde rund um Becky nun schon mehrmals bei ihren Abenteuern begleitet.

„Ihr habt es gehört. Egal, was ihr vorhabt und wie ihr Malina helfen möchtet – wir Schwebewesen können nicht bleiben. So gern wir euch helfen würden!", stellte auch die Prinzessin auf der Erbse fest. „Ich muss ein anderes Kind beglücken. Künftig werde ich mich auf neuen Matratzen betten."

„Ach, haben wir nicht gut genug für dich gesorgt, Erbsi?", maulte Pippa.

Die Prinzessin auf der Erbse machte einen Knicks. „Eure Gesellschaft war mir ein Fest, auch deine, vorlaute Pippa. Jederzeit wieder. Aber Schwebewesen sind nun mal in der Schwebe. Und jetzt müssen wir los."

Igor schlug unruhig mit dem Schwanz. „Ich bin zwar kein Schwebewesen. Aber ...“, er senkte verlegen den Kopf, „ich habe Heimweh nach Schloss Rosenbolt. Ich vermisse die magischen Wesen der Bibliothek und meinen lieben Herrn Nase.“

„Wir auch!“, riefen Becky, Hugo, Ben und Pippa.

Königin Pomeranzas Gesicht wurde weiß wie Milch. „Ihr wollt uns alle verlassen? Und uns mit der Suche nach Malinas Zauberbuch im Stich lassen?“

Becky sah zu ihren Freunden, die aufmunternd nickten.

„Nein, wir würden dich nie im Stich lassen, Pomeranza. Auch nicht die magische Welt. Aber für einen richtig guten Plan benötigen wir etwas außerordentlich Wichtiges. Etwas, mit dem man alles über das Leben lernen kann. Das aufregend, spannend, manchmal traurig oder auch lustig ist.“

„Aber ... aber“, stotterte Königin Pomeranza. „Ich verstehe nicht ...“

„Wir brauchen etwas, das Hoffnung schenkt. Etwas, das gut ist gegen Ärger, Neid, Angst und Trauer. Etwas, das Freude und Glück bringt“, erklärte Hugo.

Königin Pomeranza wedelte mit ihrem Zepter. „Alles, was ihr wollt. Ich gewähre euch jeden Wunsch."

„Vielen Dank, aber du kannst diesen speziellen Wunsch nicht erfüllen", sagte Ben.

„Aber ich bin die Königin!", beharrte Pomeranza.

„Das stimmt", mischte sich Pippa ein. „Allerdings ist es etwas Bestimmtes, das es hier bei dir nicht gibt."

„Was soll das sein?", rief der gesamte Hofstaat.

Luitpold donnerte sein Schwert auf den Boden. „Was kann es geben, das unsere Königin nicht herbeischaffen kann?"

Becky, Hugo, Ben und Pippa riefen im Chor: „Bücher!"

„Wir brauchen Bücher, um dem Rumpelstilzchen und den Giftzwergen auf die Spur zu kommen", erklärte Hugo. „Um herauszufinden, wie wir sie überlisten können."

Becky atmete tief ein. „Das Problem ist, hier gibt es keine Bücher, denn wir befinden uns gerade in einer großen Geschichte. Und wir haben das *Buch der Bücher*, das geheimnisvolle Werk über die magische Welt, hier bei uns. Und das bedeutet ..."

„Das bedeutet, dass sich keiner aus Schloss Rosenbolt

hier in die magische Welt hineinlesen und uns Bücher bringen kann“, stellte Hugo fest.

Becky seufzte. „Mal abgesehen davon, dass die Hüter der magischen Bibliothek gar nicht lesen können. Es sind auch alles Kinderbücher, die nur von Kindern gelesen werden dürfen.“

„Auf alle Fälle ist das *Buch der Bücher* das Tor zu dieser Welt. Wenn dieses Tor verschlossen ist, kann uns niemand helfen“, folgerte Hugo. „Und ohne Bücher finden wir keine Lösung für das Problem.“

Pippa nagte an ihrer Unterlippe. „Im Klartext: Der Weg ist versperrt. Aus die Maus.“

Im Verborgenen …

In der geheimen Bibliothek von Schloss Rosenbolt hatten sich die magischen Wesen um Glimmerias Kristallkugel geschart. Pepper, der schwarze Kater, der Bildergeist Genoveva, Ferdinand, die sprechende Ritterrüstung, die Fee Glimmeria und die drei Buxies, die lebenden Buchsbäumchen.

Gemeinsam hatten sie mithilfe der Kugel jede Regung in der magischen Welt beobachtet. Und obwohl sie selbst den Gesprächen nicht lauschen konnten, hatte Herr Nase ihnen alles mitgeteilt.

Die Steinfigur, die an der Wand in Beckys Zimmer hing und von Zeit zu Zeit lebendig werden konnte, war das einzige Wesen im Schloss, das Gespräche durch Raum und Zeit hindurch verstehen konnte.

„Becky, Hugo, Ben und Pippa können sich vorstellen, für ein neues Abenteuer in der magischen Welt zu bleiben", erklärte Herr Nase in diesem Moment.

An der Wand sah die Steinfigur aus wie eine Monsterfratze: Ein Kopf ohne Körper, nur mit zwei Händen, riesigen Kulleraugen, einer knubbeligen Nase und einem breiten Mund. Im versteinerten Zustand popelte Herr Nase mit dem Zeigefinger hingebungsvoll in seinem Nasenloch. Sobald er jedoch lebendig war, war Herr Nase wohlerzogen und höflich und sah aus wie ein kleiner Kobold.

„Sie benötigen dazu jedoch ...", Herr Nase machte eine Pause, „sie benötigen ... Bücher!"

„Bücher?", wiederholte Pepper, der Chef der magischen Wesen in Schloss Rosenbolt.

„Aber selbstverständlich!" Genoveva fächerte sich Luft zu. „Hier kann man alles Wissenswerte nachschlagen, mit Büchern kann man Spaß haben, Abenteuer erleben, Fremdes kennenlernen. Bücher bringen jeden weiter in seinem Leben."

„Was denn sonst als Bücher?", polterte Ferdinand und beugte sich tief über die Kristallkugel.

Viel zu tief, denn in diesem Augenblick ...

„Die Kugel", schrie Genoveva.

Mit einem großen Satz sprang die adelige Dame nach vorn und riss das Kristall von dem Kissen, auf dem es gelegen hatte. Mit einem dumpfen Knall – *Rumms! Schepper!* – landete Ferdinands Kopf genau dort, wo gerade noch die Kugel gelegen hatte.

„Entschuldögung", knarzte die kopflose Ritterrüstung. „Peinlöch, peinlöch. Öch habe wohl etwas verloren."

„Ach was?", sagte Genoveva spitz. „So eine Überraschung, mein Lieber. Es ist gerade zum gefühlt hunderttausendsten Mal passiert."

„Wörklöch schon so oft?", wunderte sich Ferdinand, während er den Helm wieder auf seinen Oberkörper schraubte. „Es kommt mör vor wö das erste Mal."

„Beim dicken Katzenhai", knurrte Pepper. „Wir haben wichtigere Dinge zu besprechen."

„Aber es öst nöcht örgendein Metallhelm, sondern mein Kopf", gab Ferdinand zu bedenken.

„Wohl wahr, lieber Freund." Lady Rose tätschelte der Ritterrüstung sachte den Rücken.

Mit ihren beiden Buxiefreundinnen Lady Botterblom und Lady Greenie hatte sie bis jetzt geschwiegen, da alle drei eher schüchtern waren. Doch wenn es um Ferdinand ging, konnte sich Lady Rose nicht zurückhalten. Die sprechende Ritterrüstung mochte sie besonders gern.

„Zurück zu den Büchern", mahnte Pepper. „Welche Art von Büchern hat sich unsere Becky denn vorgestellt?"

Herr Nase runzelte die Stirn. „Bücher, die ihnen bei der Wiederbeschaffung von Malinas Zauberbuch helfen sollen natürlich."

„Natürlöch", wiederholte Ferdinand.

„An Büchern mangelt es uns hier gewiss nicht." Genoveva deutete auf die zahlreichen Regale in der Bibliothek. Sie waren prall gefüllt mit Literatur aller Art, aber ausschließlich Kinderbüchern. Da gab es Abenteuergeschichten, Bücher über fremde Welten und wilde Wesen, Geschichten von Mut und Freundschaft. In den Regalen standen Märchen, Bilder- und Sachbücher.

Lady Greenie räusperte sich. „Sollten wir nicht zunächst überlegen, wie wir die Bücher in die magische Welt bringen können?"

„Greenie hat recht", stellte Lady Botterblom fest. „Becky und ihre Freunde haben das *Buch der Bücher* mitgenommen. Es kann also keiner von uns in die magische Welt hineingelesen werden. Von wem auch? Wir können doch alle nicht lesen."

„Ich möchte nicht wieder in die magische Welt hineingelesen werden, bitte nicht", flüsterte Lady Rose. „Das ist mir viel zu gefährlich."

Lady Botterblom begann zu zittern. „Beim letzten Mal saßen wir dort im Gefängnis. Bei Wasser und Brot!"

Die anderen Buxies nickten.

„Felliger Mäusepelz", knurrte Pepper. „Es muss doch irgendeine Möglichkeit geben, dass einer von uns dorthin reisen kann. Denkt nach, Leute."

Stille herrschte in der magischen Bibliothek.

„Ich glaube, ich habe eine Idee“, verkündete Glimmeria nach einer Weile.

„Wörklöch? Du hast eine Ödee?“ Ferdinand hüpfte vergnügt von einem Bein aufs andere. „Sö hat eine Ödee!“

Huldvoll verneigte sich der Blechritter vor der zarten Fee mit den silbernen Haaren und dem rosafarbenen Kleid. Ein bisschen zu huldvoll ... denn wie so häufig löste sich dabei Ferdinands Kopf von seinem Hals. Hastig zückte Glimmeria ihren Feenstab.

„Allez hopp! Zurück mit dem Kopp!“, befahl sie und schwang ihren Zauberstab. Der Ritterhelm stoppte und schwebte in Zeitlupe zurück auf Ferdinands Körper.

„Was war das denn?“, fragte Ferdinand verblüfft.

Genoveva applaudierte begeistert. „Großartig, meine Liebe. Wirklich zauberhaft.“

„Man tut, was man kann.“ Glimmeria zuckte mit den Schultern. „Ich hatte schon länger nach einem Spruch gesucht, den ich gegen das ständige Kopfverlieren einsetzen kann. Das war das erste Mal, dass ich ihn ausprobiert habe. Schön, dass er funktioniert.“

„Miaunzig gut gemacht“, knurrte Pepper. „Du hast gesagt, du hättest eine Idee, wie wir den Kindern Bücher in die magische Welt bringen können, Glimmeria?“

Die Fee nickte. „Es gibt tatsächlich einen Notfallzauber für besonders brenzlige Situationen. Ich hätte ihn beinahe vergessen, weil ich ihn noch nie angewendet habe.“

„Oh“, entfuhr es Lady Rose.

„Das klingt gefährlich“, meinte Lady Botterblom.

Lady Greenie schüttelte ihr Blätterkleid. „Es macht mir Angst!“

„Ruhe!“ Pepper fauchte. „Ihr macht euch schon Sorgen, bevor wir überhaupt wissen, worum es geht. Lasst Glimmeria erst mal den Notfallzauber erklären.“

„Mit diesem Zauber kann ich jemanden von uns in die magische Welt befördern. Allerdings ...“, sie senkte die Stimme, „allerdings kann es passieren, dass er oder sie nicht so ankommt, wie er oder sie losgeschickt wurde.“

„Ach!“, platzte es aus Lady Rose hervor.

Pepper kratzte mit seinen Krallen über den Parkettboden. „Was meinst du damit, Glimmeria? Bei der schmackhaften Schabe, kannst du dich deutlicher ausdrücken?“

Glimmeria knetete ihre zarten Hände. „Nun, durch den Zauber kann das Wesen verspult werden."

Genoveva tupfte sich mit ihrem Taschentuch die Stirn ab. „Du meinst, dass man ... in Einzelteilen ankommen könnte?"

Glimmeria seufzte. „Möglicherweise."

„Oh!", rief Lady Botterblom.

„Aber es ist kein Dauerzustand", beeilte sich Glimmeria zu sagen. „Er oder sie kann in der magischen Welt alles wieder ... na ja ... neu zusammenfügen. Wenn alle Körperteile ihren Weg ans gleiche Ziel gefunden haben. Wenn. Es ist ein ... Experiment."

„Ein Experöment", wiederholte Ferdinand. „Möt unsöcherem Ausgang ..."

„An dieser Stelle bin ich raus", flötete Genoveva. „Ich reise entweder ganz oder gar nicht, tut mir leid."

Die Buxies fassten sich an den Händen, stellten sich nebeneinander auf und erklärten: „Wir auch!"

„Außerdem hatten wir dort schreckliche Erlebnisse in

Gefangenschaft, diese Erinnerung sitzt tief“, stellte Lady Rose fest. „Wir möchten uns nicht auf ein Experiment einlassen, tut uns leid.“

„Ich kann die Aufgabe nicht übernehmen, weil ich die Zaubersprüche sprechen muss“, meinte Glimmeria. „Und Pepper ist unser Chef – wir brauchen ihn hier.“

Alle dachten nach, überlegten hin und her, bis sich die Blicke geballt auf ein einziges, ganz bestimmtes Wesen richteten: Ferdinand.

Die sprechende Ritterrüstung tänzelte einen Moment unruhig auf ihren Blechschuhen hin und her.

„Öch? Seid öhr söcher?“ Ferdinand nahm seinen Kopf vom Körper. „Okay, öch mach es. Bei mör fällt sowöso ständög alles auseinander. Warum also nöcht beim Reisen ön dö magösche Welt?“

„Wirklich?“ Die Buxies atmeten hörbar aus.

„Du Guter“, freute sich Glimmeria.

„Danke, Ferdinand.“ Genoveva legte ihm die Hand auf die Schulter. „Das werden wir dir nie vergessen. Du musst auch nicht lange dortbleiben, nur die Bücher zu unseren Freunden bringen.“

„Ach." Ferdinand klappte sein Visier auf und zu. „Bön öch nöcht erwünscht?"

„Aber nein, mein Freund." Genoveva lächelte. „Du bist nur ... sagen wir mal ... zu schwer für den fliegenden Teppich von Mo. Denn damit werden Becky und die anderen sicher wieder reisen, sobald Mo zurück ist. Momentan befindet er sich noch auf der Rückreise von Ali Baba. Ein Pferd für dich haben wir nicht. Mal davon abgesehen ...", sie kicherte verhalten, „bist du doch seit Hunderten von Jahren nicht mehr auf einem geritten, oder?"

„Wohl wahr", gab Ferdinand zu. „Und öhr wösst auch, dass öch Angst vor Pferden habe."

„Ich frage mich immer, wie du damals zur Ritterzeit eigentlich überlebt hast, mein Lieber." Genoveva lächelte. „Dann wäre das also geklärt. Sobald du deine Aufgabe erledigt hast, Ferdinand, sagst du Becky Bescheid. Dann kann sie dich mit dem *Buch der Bücher* zurücklesen."

Pepper maunzte laut. „Fette Ratte, lasst uns alles vorbereiten und die passenden Bücher für die neue Mission suchen. Wir brauchen Werke über das Rumpelstilzchen und die Giftzwerge. Außerdem alles, was es über Märchen und märchenhafte Orte gibt. Beeilt euch, die Bücherretter warten!"

In Windeseile strömten die magischen Wesen zu den Regalen, die sie betreuten. Pepper zu den Büchern, in denen Tiere eine Rolle spielten. Ferdinand durchsuchte die Abenteuerbücher, Genoveva die Märchen. Die Abteilung mit Büchern, die in der Natur spielen, wurde von den Buxies durchsucht und Glimmeria war für die Fabelwesen zuständig.

Bald kehrten alle mit einem kleinen Stapel zurück, der in einen Leinensack gepackt wurde. Den sollte Ferdinand bei seiner Reise in die magische Welt mit sich führen.

„Schaffst du das, Ferdinand?" Besorgt sah Lady Rose ihren Freund an. „Es sind viele Bücher."

„Öch bön ein Rötter, vergöss das nöcht." Ferdinand hob den Sack hoch, als wären Federn darin. „Öch bön stark!"

„Das bist du", flüsterte Lady Rose beeindruckt.

„Stell dich zu mir, Ferdinand." Glimmeria winkte den Blechritter zu sich. „Halte den Sack fest in deinen Händen. Ich werde nun den Notfallzauber sprechen und dich dabei mit meinem Feenstab berühren. Danach wirst du dich, wenn alles klappt, auflösen und in der magischen Welt wieder zusammensetzen. Verstanden?"

„Klar."

Ferdinand nickte und wollte sich höflich vor Glimmeria verbeugen, doch Genoveva richtete ihn eilig wieder auf.

„Nicht doch, Ferdinand. Sonst verlierst du deinen Kopf, bevor es überhaupt losgeht."

Glimmeria hielt ihren Feenstab über die glänzende Ritterrüstung:

„In der magischen Welt herrscht großer Verdruss,
deshalb dieses Wesen dorthin reisen muss.
Es ist ein Fall von höchster Not,
Eile ist das oberste Gebot."

Sie konzentrierte sich auf Ferdinand, der wie angewurzelt vor ihr stand und sich nicht regte.

„Durch Zeit und Raum im Zauberbann.
Verliere dich nicht und komme heil an!"

2. Kapitel

Blechteile und Spürnasen

Inzwischen war es Abend und Becky, Hugo, Ben und Pippa saßen mit Tee und Broten im Kaminzimmer der Königin. Watson knabberte an einem dicken Knochen, Lotti machte sich gierig über eine Portion Walnüsse her.

„Hörnchenstark. Endlich Futter", brummte das Streifenhörnchen. „Wird auch Zeit, dass ich nach dem Schreck etwas zu fressen bekomme. Ich meine, es schlägt einem liebreizenden Kerlchen wie mir wirklich auf den Magen, wenn das Ende eines Abenteuers gar nicht das Ende ist. Stattdessen sollen wir uns wieder auf die Pfoten machen! Das ist unglaublich. Und auch ungeheuer anstrengend. Vor allem für so ein zartes Wesen wie mich. Oder was meint ihr, liebe Freunde? Natürlich seid ihr alle wesentlich kräftiger und stabiler. Deshalb brauche ich wahrscheinlich viel dringender Nahrung und Energie und ...“

„Wuff! Grrrrr!“ Watson fletschte die Zähne. „Wenn du weiterquatschst, fresse ich dich auf, Lotti. Noch ein Abenteuer stehe ich mit so viel Geplapper nicht durch.“

„Du ... du würdest mich wirklich fressen?“ Das Streifenhörnchen sah den Hundefreund überrascht an.

Watson bellte kurz. „Kleiner Spaß, Staubwedel. Aber er hat gewirkt. Du hast mit dem Dauerquatschen aufgehört. Tut mir leid, dass ich dich erschreckt habe, Lotti.“

„Nicht nur Lotti“, erklärte Hugo. „Ich habe kurz Panik bekommen. Umso mehr freue ich mich, dass ich jetzt wieder entspannt sein kann.“

Becky kicherte. „Hast du wirklich gedacht, Watson würde seiner felligen Freundin etwas tun? Ich habe mir keine Sorgen gemacht. Die beiden ärgern sich ständig.“

„Aber echt“, maulte Pippa. „Man kommt gar nicht zum Entspannen vor lauter Scherzen.“

„Ich schon“, knurrte Watson, legte den Kopf auf seine Vorderpfoten und träumte sich sofort weg.

Das Kaminzimmer war ein äußerst gemütlicher Ort. Sofas und Sessel standen hier herum, sodass es sich jeder bequem machen konnte.

Pomeranzas Diener hatten die Freunde in diesen ruhigen Raum begleitet und sie versorgt, damit sie sich von ihrem letzten Abenteuer ausruhen konnten. Außerdem waren sie so dem Tumult entgangen, der nach der Absage von Malinas Aufnahme in den Feenrat herrschte. Denn damit war auch das geplante Fest im Thronsaal, auf das sich die zahlreichen Gäste gefreut hatten, gestrichen.

„Komisch, dass wir jetzt wieder unter uns sind“, gab Pippa zu. „Wie langweilig wird es ohne die lustigen Sprüche von Pepino. Auch Erbsi, Ratzimo und Igor und sogar der Fehlerteufel fehlen mir jetzt schon.“

„Geht mir genauso“, bestätigte Becky. „Es ist mir schwergefallen, sie mit dem *Buch der Bücher* wieder in ihre Bücher zu schicken.“

„Na, wenigstens freuen sich bald andere Kinder über die Geschichten mit ihnen“, tröstete Hugo sie.

„Und wie geht es bei uns weiter?“ Pippa sah sich im Zimmer um. „Was machen wir hier?“

„Schätze mal, dass wir warten müssen, ob Pepper, Genoveva, Ferdinand und die anderen die Ereignisse in Glimmerias Kristallkugel verfolgt haben“, überlegte Ben.

Becky nickte. „Und ob Herr Nase für sie alles übersetzt hat, was wir gesagt haben. Denn nur so können sie Bescheid wissen, uns hoffentlich helfen und ...“

Ein ohrenbetäubendes Krachen unterbrach Becky.

Lotti öffnete die Augen und verkrümelte sich in der Tasche von Beckys Pullover. Nebelschwaden erfüllten das Kaminzimmer, ein feines Sirren war zu hören, dann wieder lautes Scheppern und Krachen.

Als sich der schimmernde Dunst verzogen hatte, entdeckten die Mädchen und Jungen zwei Blechbeine zwischen den Sofas, auf denen sie kauerten. Neben dem Kamin lag ein kräftiger Brustpanzer. An der Tür des Zimmers rollte ein Arm hin und her, ein zweiter steckte zwischen duftenden Rosen in einer Blumenvase.

„Sind das nicht ... also, ist das nicht ... Ferdinand?“, fragte Becky überrascht.

„Wohl eher seine Einzelteile“, gab Ben zu bedenken.

„Wo kommen die her? Und wo ist sein Kopf?“ Hugo stand auf, um sich die Teile des Ritters genauer anzusehen.

Becky und Pippa folgten, schoben den Korpus in die Mitte, dazu die Beine. Hugo schnappte sich die Arme und wollte die Körperteile gerade zusammenbauen, als Ben rief: „Achtung! Da kommt noch was!“

Mit einem dumpfen Knall krachte ein Sack auf den Boden, nur Millimeter von Ferdinands Bauch entfernt.

„Puh!“ Hugo wischte sich Schweißperlen von der Stirn. „Das war knapp!“

Pippa öffnete den Jutesack, während die anderen Ferdinands Einzelteile zusammenbauten. „Darin sind jede Menge Bücher! Bücher, die wir gut gebrauchen können.“

„Also haben die magischen Wesen in der Bibliothek uns gehört und uns Ferdinand geschickt. Ich meine ...

seine Einzelteile." Becky knuffte den kopflosen Ritter in die Seite. „Jetzt würde ich zu gern wissen, wie sie das geschafft haben. Aber dein Kopf fehlt, Ferdinand. Den müssen wir unbedingt finden. Sonst kannst du nicht mit uns sprechen."

In Windeseile flitzten alle durch den Raum, spähten unter die Sofas, hoben Kissen hoch und suchten hinter den schweren Vorhängen. Pippa stocherte sogar vorsichtig mit einer Eisenstange im Kaminfeuer herum, sodass sich Rauchschwaden bildeten. Wie Gespenster tanzten sie durch das Zimmer.

Ben hustete. „Hör auf, Pippa!"

„Pfff. Dafür wissen wir wenigstens, dass der Kopf nicht in den Kamin gefallen ist", entgegnete seine Cousine.

„Stimmt." Becky nickte. „Aber wo kann er sonst sein?"

„Wir haben alles abgesucht", meinte Ben.

„Wir schon, aber Watson noch nicht." Hugo kniete sich neben seinen Hund und streichelte ihn liebevoll. „Aufwachen, Schlafbär. Wir brauchen deine Hilfe."

„Wuff-wuff. Wie denn? Wo denn? Was denn?" Watson hob den Kopf. „Ist was passiert?"

„Allerdings, Pennsuse!“ Lotti war neben den Hundefreund gesprungen. „Während du hier schläfst, ist Ferdinand aufgetaucht.“

„Unser Blechfreund? Wie schön.“ Watson schnüffelte. „Wo ist er denn?“

„Das ist das Problem. Er ist nicht ganz angekommen. Sein Kopf ist entweder unterwegs verloren gegangen oder wir haben ihn noch nicht gefunden“, erklärte Hugo.

„Verstehe“, knurrte Watson. „Und nun braucht ihr meine unglaublich gute, perfekte Spürnase.“

Lotti plusterte ihren Schwanz auf. „Angeber!“

„Neidhörnchen“, gab Watson zurück. „Ich lege los.“

Zunächst schnupperte der Hund am Brustpanzer des Ritters, dann tapste Watson durch den Raum, Kopf und Nase dicht am Boden. Vor dem Kamin blieb er stehen.

„Hier muss er sein“, stellte Watson fest.

Pippa schüttelte den Kopf. „Nee, im Kamin habe ich schon nachgesehen.“

„Nicht im Kamin.“ Watson deutete mit dem Kopf auf

den Eimer voller Asche, der neben dem Feuer stand. „In dem Ding da."

„In der Asche?" Becky lugte in den Eimer.

Er war randvoll mit den grauschwarzen Überresten der Holzscheite, die die Flammen verbrannt hatten.

„Das wird eine dreckige Angelegenheit", sagte Ben, „aber wir müssen den Eimer ausleeren."

„Wartet!" Becky zog eine blaue Decke von einem der Tische. „Lasst uns die Asche hier draufschütten, dann machen wir nicht alles schmutzig und können den Dreck später wieder in den Eimer füllen."

Gesagt, getan.

Hugo leerte den Inhalt des Eimers auf die Tischdecke. Erst schneiten grauschwarze Flocken heraus, ein paar verkokelte Holzstücke und schließlich ...

„Ferdinands Kopf!" Pippa hüpfte vor Freude auf und ab. „Der Ritterhelm ist da."

„Igitt, ist der staubig. Wir müssen ihn putzen." Becky schnappte sich eine Tischdecke und wischte den Staub vom Helm. Lotti plusterte sich auf, wuselte durch das Visier in den Helm hinein und wieder hinaus.

„Das habt öhr aber schön gemacht“, hörten die Freunde Ferdinands blecherne Stimme aus dem Helm. „Hatschö. Haaaatschöhö!“

Wie ferngesteuert erhob sich passend dazu sein Körper und marschierte auf den Kopf zu. Die Blechhände packten den Kopf und pressten ihn an die passende Stelle.

„Öch bön wöder ganz! Öch bön wöder heil! Öch bön wöder Ferdinand!“

Nach der Reihe umarmten Becky, Hugo, Ben und Pippa ihren Freund.

„Schön, dass du da bist“, freute sich Becky. „Und du hast Bücher mitgebracht! Setz dich, Ferdinand, wir wollen wissen, wie du ohne das *Buch der Bücher* hierhergekommen bist. Jede Einzelheit!“

3. Kapitel

Märchen und Wahrheiten

Haarklein berichtete Ferdinand, wie die Wesen in der magischen Bibliothek die Szenen in Pomeranzas Thronsaal beobachtet hatten. Der Blechritter erzählte von Glimmerias Notfallzauber, dem schnellen Zusammentragen der Bücher und seiner Reise durch Raum und Zeit.

„Hattest du denn keine Angst?", wollte Hugo wissen.

„Natürlöch", gab Ferdinand zu. „Aber außer mör wollte nömand döse Aufgabe übernehmen."

„Ich habe wirklich Angst bekommen, als dein Kopf nicht zu finden war“, meinte Becky.

Ferdinand lachte. „Es war staubög ön dem Eimer.“

Pomeranzas Diener klopften an die Tür. Sie brachten getrocknete Früchte, Hundefutter für Watson und Trauben für Lotti. Außerdem legten sie Holzscheite in den Kamin und bezogen die Sofas mit Laken. Darauf stapelten sie Bettwäsche für die Nacht.

„Das hätte Erbsi gefallen.“ Pippa grinste. „So dicke Bettdecken hat sie geliebt.“

Ein Diener verbeugte sich höflich vor Ferdinand. „Entschuldigen Sie, mein Herr. Von Ihrer Anwesenheit hat uns niemand berichtet. Sie gehören wohl auch zu den Bücherrettern. Benötigen Sie ein Bett?“

„Kein Problem. Öch kann öm Stehen schlafen.“ Ferdinand verbeugte sich ebenfalls vor dem Diener und ...

Rumpel! Schepper!, knallte sein gerade erst befestigter Kopf auf den Holzboden.

„Wö unangenehm“, murmelte Ferdinand und polterte los, um seinen Kopf wieder aufzusetzen.

Das war zu viel für Pomeranzas Diener! In der magischen Welt waren sie zwar Unglaubliches gewohnt, doch ein hohler Ritter, der sein Haupt verlor, kopflos und trotzdem sprechend durch die Gegend wanderte und den Helm dann ungerührt wieder auf den Hals presste – das war auch für Pomeranzas Personal höchst seltsam. Fluchtartig verließen die Diener das Zimmer.

Becky kicherte, schnappte sich ein Buch aus dem Sack und ließ sich auf einem Sofa nieder. Lotti krallte sich Trauben und kuschelte sich an Becky.

„Gut, dass wir wieder unter uns sind", erklärte Becky weiter. „So haben wir unsere Ruhe und können mit dem Lesen beginnen. Wir sollten herausfinden, wo sich das Rumpelstilzchen und die Giftzwerge verstecken könnten."

Auch die beiden Jungs und Pippa holten sich Bücher, aßen Früchte und schmökerten. Watson streckte sich vor dem Feuer aus und schlief.

Die Hölzer im Kamin waren längst zu Asche verbrannt, als Becky und Hugo, Ben und Pippa endlich von ihren Büchern aufsahen.

„Aus den Geschichten über die Giftzwerge habe ich nur herausgefunden, dass die fiesen Kerle in der gesamten magischen Welt vorkommen“, meinte Ben.

Pippa gähnte. „Über das Rumpelstilzchen finde ich nicht mehr, als wir sowieso schon wissen. Das Märchen habe ich schon soooo oft gelesen.“

„Auch in den Naturbüchern der Buxies steht nichts, was uns weiterbringen könnte.“ Hugo rekelte sich erschöpft. „Ich glaube, so finden wir die Lösung nicht.“

Becky deutete auf die aufgeschlagene Seite des Buches, in dem sie gerade gelesen hatte. „Wartet mal. Ich habe hier in diesem uralten Werk etwas über die Ursprünge der Märchen gefunden. Genoveva hat das Buch sicher nicht ohne Grund eingepackt. Alle kennen den Spruch vom Rumpelstilzchen ...“, Becky hob die Stimme:

„Heute back ich, morgen brau ich, übermorgen hol ich der Frau Königin ihr Kind. Ach wie gut, dass niemand weiß, dass ich Rumpelstilzchen heiß.“

„Und?“ Pippa runzelte die Stirn.

„Habt ihr gewusst, dass der Spruch noch weitergeht?“, fragte Becky und las:

„Heute bleib ich im Donnerknattertal, morgen zaubere ich hundert Mal. Übermorgen macht dunkle Magie Stroh zu Gold. Ach wie gut, dass niemand weiß, dass ich Rumpelstilzchen heiß!“

Wie gebannt sahen alle zu Becky.

„Das Donnerknattertal“, raunte Ferdinand besorgt. „Davon habe öch schon einmal gehört! Eine sehr gefährlöche Gegend!“

„Wahuuuu“, jaulte Watson. „Gerade habe ich schön geschlafen und jetzt müsst ihr so schreckliche Dinge erzählen. Wuff-wuff. Was für ein Hundeleben!“

„Armer Kerl.“ Hugo tätschelte Watsons Kopf. „Wenn es dieses Donnerknattertal in der magischen Welt gibt, muss es auch in der Karte im *Buch der Bücher* zu sehen sein. Dann könnten wir den Weg finden.“

Hugo legte das kostbare Buch auf einen Tisch. Der Titel lautete:

Das Buch der Bücher
Die magische Welt und ihre Bewohner

„Es sieht jedes Mal schöner aus“, flüsterte Becky und strich behutsam über den honigbraunen Ledereinband, der die Buchdeckel und den Buchrücken umhüllte und in dessen Mitte eine leicht erhabene Krone prangte.

„Und wie es duftet!“ Pippa schnupperte. „Nach Wald und frischem Gras, nach Blumen und Himbeeren.“

Das Licht der Kerze, die neben dem Buch flackerte, fiel direkt auf den dicken Wälzer und brachte die Krone zum Glänzen. Die Mondsteine, die auf jeder Zacke saßen, schimmerten geheimnisvoll. Zahlreiche fingernagelgroße Wesen, die lebendig aussahen, liefen um die Krone herum. Wie in einem sich ständig drehenden Karussell.

Lotti hüpfte auf Beckys Schulter und betrachtete das besondere Buch. „Hörnchenstark!“

Fasziniert beobachteten auch Becky, Hugo, Ben, Pippa und Watson, wie sich der Buchdeckel immer wieder ein wenig hob und senkte. Ein bläuliches Leuchten ging von den Buchseiten aus.

Ben seufzte. „Seht doch, wie es atmet. Unglaublich!“

Als hätte es Bens Worte verstanden, begann das Buch zu raunen und zu wispern. Dann wurde der Buchdeckel wie von Geisterhand angehoben und winzige Flugtierchen mit großen schimmernden Flügeln und samtweichen dunkelblauen Körpern schwebten heraus.

„Da seid ihr ja wieder, ihr lieben Fellchen“, begrüßte Becky die kleinen Wesen.

„Willkommen zurück“, sagte Hugo.

„Guten Abend, Bücherretter“, quiekte ein kleines Fellchen und setzte sich auf Pippas Nase.

Weitere Flugtierchen schwebten auf die Schultern und Köpfe der Kinder oder ließen sich auf Watsons Schwanz nieder.

Becky pochte auf die geschlossenen Seiten und sofort öffnete sich das Buch an einer bestimmten Stelle. Behutsam fuhr Becky mit ihrem Zeigefinger über das Papier und flüsterte:

„Zeige dich, magische Welt.“

In Windeseile entfalteten sich die Seiten, bis eine Papierfläche entstanden war. Häuser, Pflanzen und Bäume ploppten auf, dazu ein Fluss, ein Schloss und ein blau schimmernder Wald wuchsen aus den Buchseiten. Die lebendige, dreidimensionale Karte der magischen Welt!

Ferdinand war hinter die Mädchen und Jungen getreten und deutete auf eine Gegend in der Karte, von der zäher grauer Nebel aufstieg. Blitze leuchteten an dieser Stelle auf, Donnerschläge hallten durch das Kaminzimmer, vermischt mit Grunzen, Fauchen, Brüllen und Jaulen.

Instinktiv traten Becky, Hugo, Ben und Pippa einen Schritt zurück.

„Was ist das?“, bellte Watson.

„Das öst ...“, Ferdinand machte eine Pause, „das öst das Donnerknattertal und ...“

„Seht mal!“, unterbrach ihn Pippa. Sie deutete auf ein Schloss auf einem Berg, der sich oberhalb des Donnerknattertals befand. „Täusche ich mich oder sieht das nach ... Feuerzungen aus? Also, ... ich meine wie von einem ...“

„Wie von einem Drachen!“, ergänzte Ben.

„Wir werden die Kerle einfach nicht los“, meinte Hugo. „Ob Igor oder Ratzimo oder ein anderer Drache.“

„Ein anderer Drache, soso.“ Ferdinand wippte unruhig von einem Blechschuh auf den anderen. „Es kommt darauf an, was es für ein Drache öst. Manche sönd freundlöche Gesellen, andere eher nöcht. Und dann göbt es noch dö, möt denen absolut nöcht zu spaßen öst.“

„Was soll das heißen?“, wollte Pippa wissen.

„Nöchts, gar nöchts.“ Ferdinand schüttelte den Blechkopf. „Öch denke nur laut.“

Becky sah ihn nachdenklich an. „Gibt es etwas, das du uns sagen willst, Ferdinand?“

Der Blechritter schüttelte noch heftiger den Kopf.

Sehr heftig.

Viel zu heftig ...

Knall! Peng!, donnerte das gute Stück erneut in den Eimer voller Asche. Genau in den Dreck, den die Jungen und Mädchen nach der Suche wieder dort hineingefüllt hatten.

„Och nee!“ Becky seufzte. „Jetzt geht die Putzerei von vorne los.“

Fast eine halbe Stunde brauchten die Freunde, damit Ferdinand wieder sauber war. Als sie ihm den Helm erneut auf den Blechkörper gestülpt hatten, bat Becky das magische Wesen, sich zu setzen.

„Ferdinand“, begann sie, „ich glaube, du weißt mehr über das Donnerknattertal, als du zugeben möchtest. Gibt es dort gefährliche Drachen?“

„Das weiß öch nöcht genau, aber es könnte sein.“

„Okay.“ Becky hob die Brauen. „Was weißt du noch über diese Gegend?“

Ferdinand verschränkte nervös die Finger seiner metallenen Handschuhe. „Das Donnerknattertal öst bekannt für schrecklöche Gespenster, dö es dort göbt. Man nennt sö dö Knattergeister.“

„Knattergeister?“ Pippa prustete. „Hört sich witzig an!“

„Öch glaube nöcht, dass döse Geister Spaß verstehen“, gab Ferdinand zurück.

„Du glaubst es oder du weißt es?“, hakte Hugo nach.

Ferdinand zuckte mit den quietschenden Schultern. „Öch war noch nö da."

„Schade." Ben kniff die Augen zusammen. „Es wäre hilfreich, wenn wir jemanden an der Seite hätten, der sich im Donnerknattertal auskennt. Vielleicht sollten wir Königin Pomeranza fragen. Oder sie soll sich für uns erkundigen."

„Gute Idee." Becky seufzte. „Ich hoffe, unsere Freunde im Schloss hören und sehen uns durch Glimmerias Kristallkugel. Und ich hoffe noch mehr, dass sie einen Experten für das Donnerknattertal finden!"

Im Verborgenen …

Alte Filzlaus, unsere Bücherretter müssen ins Donnerknattertal reisen!"

Peppers Tasthaare bebten. Gerade hatte Herr Nase den magischen Wesen in der geheimen Bibliothek erzählt, was im Kaminzimmer geschehen war. Noch immer saßen Genoveva, Pepper, Glimmeria und die drei Buxies über die Kristallkugel gebeugt und beobachteten, was in dem Kaminzimmer der Königin passierte. Igor war inzwischen wieder nach Schloss Rosenbolt zurückgekehrt und hatte sich riesig gefreut, wieder in der Nähe seines besten

Freundes Herrn Nase zu sein. Er brauchte eine Pause von all den Abenteuern und hing nun wieder still und schweigsam als Steinfigur an der Wand in Beckys Zimmer.

„Das Donnerknattertal! Die Knattergeister!“ Genoveva fächerte sich Luft zu. „Ich habe nicht geahnt, dass wir die Kinder schon wieder in ein derart gefährliches Abenteuer schicken. Unsere armen Freunde!“

Glimmeria zuckte mit den Schultern. „Das wird bestimmt halb so wild. Die Mädchen und Jungen sind mutig, stark und schlau. Und eine frohe Botschaft gibt es immerhin: Ferdinand ist mit den Büchern bei den Kindern angekommen. Mein Notfallzauber hat funktioniert.“

„Du bist immer so guter Dinge.“ Genoveva tätschelte den Arm der Fee. „Das liebe ich so an dir, Glimmeria.“

„Aber was ist, wenn unsere Becky und die anderen diesmal wirklich scheitern?“, überlegte Lady Greenie. „Muten wir den Kindern nicht zu viel zu?“

„Für mich hört sich das alles sehr gruselig an“, gab Lady Rose zu.

Lady Botterbloms Kleid zitterte. „Knattergeister! Hilfe!“

Pepper hob den Schwanz. „Ihr habt alle miaunzig recht.

Es ist eine schwierige Aufgabe, die unsere Bücherretter zu bewältigen haben. Aber was ist die Alternative? Dass das Rumpelstilzchen mithilfe von Malinas Buch und dunklem Zauber die magische Welt beherrscht? Und dass dieser Ort in grauer Düsternis versinkt? Wollt ihr das?"

„Aber nein", wisperte Genoveva.

„Auf keinen Fall", setzten die Buxies nach.

Glimmeria legte ihre kühlen Hände um die Kristallkugel, die schon beinahe heiß gelaufen war. „Ferdinand sollte am besten bald zu uns zurückkehren. Er ist mit seiner Ritterrüstung und dem ständig herunterfallenden Kopf einfach zu ..."

„Zu anstrengend", fuhr Pepper fort. „Du hast recht! Becky sollte ihn schnell wieder zu uns zurücklesen."

Glimmeria nickte. „Aber wir müssen ihnen weitere Unterstützung schicken und ihnen zur Seite stehen. Wir dürfen sie nicht alleinlassen."

„Herrje, was können wir nur tun?" Noch einmal nahm

Genoveva den Fächer zur Hand, um kühle Luft in ihr erhitztes Gesicht zu wedeln. „Was?"

Pepper maunzte leise. „Fette Spitzmaus! Der Vorschlag von Glimmeria, dass wir unseren Bücherhelden Becky, Hugo, Ben und Pippa weitere Hilfe schicken sollten, hat mich auf eine Idee gebracht. Es gibt ein Wesen, das ihnen sicher gute Dienste leisten könnte."

„An wen denkst du, Katerchen?", fragte Genoveva.

„An *unser* Gespenst, unseren Flattergeist aus dem Irrgarten", antwortete Pepper. „Gordon Pozwack."

„Warum Gordon?", erkundigte sich Lady Greenie.

„Ich erinnere mich, dass mir Gordon vor langer Zeit erzählt hat, dass er einst im Donnerknattertal gelebt hat."

„Pepper!" Genovevas Stimme überschlug sich vor Aufregung. „Warum hast du das nicht gleich gesagt?"

„Miauuuuu", wimmerte

Pepper. „Ich bin gerade erst auf den Gedanken gekommen, dass wir Gordon zu den Kindern schicken sollten. Außerdem kennen sich Geister am besten mit Geistern aus. Bei der fetten Spitzmaus, ich werde unseren Flattergeist in die Bibliothek bitten."

„Du willst durch den Schlosspark laufen?" Lady Botterblom traute ihren Ohren nicht. „Aber wenn Molly oder der Professor dich entdecken?"

Pepper maunzte ungeduldig. „Ich bitte dich, Verehrteste. Muss ich dich an unsere Regeln erinnern? Man kann ein magisches Wesen nur sehen, wenn es das auch will. Regel zwei der magischen Welt."

„Natürlich, natürlich. Wie konnte ich das vergessen." Lady Botterblom lächelte. „Du willst selbstverständlich nicht gesehen werden, also kann nichts passieren."

„So ist es. Ich mache mich sofort auf die Pfoten."

Schon war der Kater verschwunden und wenig später tauchte er mit dem Flattergeist in der Bibliothek auf. Kurz darauf hatte Gordon sich von den übrigen magischen Wesen überreden lassen, mit Glimmerias Notfallzauber in das Kaminzimmer in der magischen Welt zu reisen.

„Ich wünsche dir Glück, mein lieber Flattergeist. Hoffentlich kommst du unversehrt bei Becky und ihren Freunden an." Glimmeria lächelte dem Gespenst zu, hob ihren Feenstab und sprach den Zauber, den sie schon bei Ferdinand angewendet hatte:

„In der magischen Welt herrscht großer Verdruss,
deshalb dieses Wesen dorthin reisen muss.
Es ist ein Fall von höchster Not,
Eile ist nun das höchste Gebot.
Durch Zeit und Raum im Zauberbann.
Verliere dich nicht und komme heil an!"

4. Kapitel

Gespenster und Verknotungen

Ferdinand legte gerade ein paar Scheite im Kamin nach, als ein seltsames Geräusch im Kaminzimmer zu hören war. Eine Mischung aus Jaulen und Stöhnen, Kettenrasseln, Pfeifen und Wimmern.

Gespenstisch!

„Schon wieder so ein merkwürdiger Lärm“, knurrte Watson. „Hat man denn hier nie seine Ruhe?“

Lotti hielt sich erschrocken die Pfoten über die Ohren

und verkrümelte sich in Beckys Bauchtasche. In diesem Moment landete ein dickes Buch auf dem Boden. Kurz danach schwebte etwas in den Raum, das nach verknittertem und verknotetem Bettlaken aussah. Ein riesiger Schlüsselbund war zu erkennen.

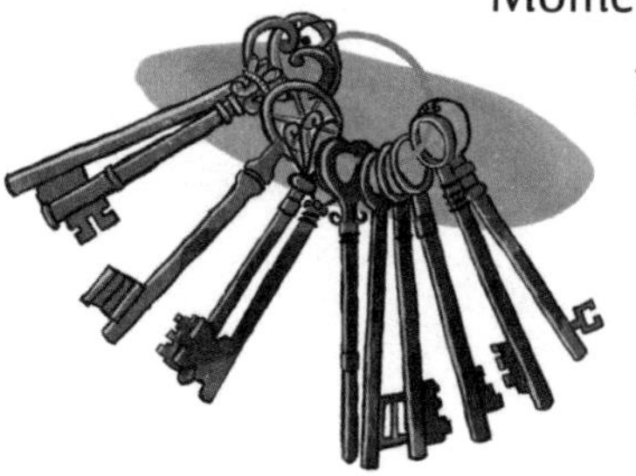

„Was ist das?“ Hugo stand von dem Sofa auf und wollte sich das Ding gerade näher ansehen, als sich der Stoff zu bewegen begann und rasselnd mit den Schlüsseln in die Höhe schwebte.

„Grompf“, machte das stoffliche Etwas.

„Grompf?“ Becky legte die Stirn in Falten. „Dieses Wort habe ich doch schon mal gehört.“

„Ohohohoholich“, grummelte das Laken und schwebte auf Becky zu.

„Grompf und ohohoholich?“, wiederholte Becky. „Aber natürlich: der Irrgarten im Park von Schloss Rosenbolt! Unser Flattergeist. Bist du das, Gordon Pozwack?“

„Pardonlich, Becky, ich bin verdreht. Schauerlich verknotet“, gab das schwebende Ding zurück. „Glimmerias

Notfallzauber hat mich verschwurbelt. Sie hatte mich gewarnt, dass ich in Einzelteilen ankomme."

„Warte, ich löse die Knoten." Becky nestelte an dem weißen Stoff herum. „Kannst du bitte deinen Schlüsselbund loslassen, Gordon? Sonst kann ich dein Kleid nicht aufbinden."

„Gordon Pozwack?" Pippa war neugierig neben Becky getreten. „Wer oder was ist das?"

„Er öst mein löber Freund, auch ein magösches Wesen aus dem Schloss", freute sich Ferdinand. „Wöllkommen!"

Pippa deutete auf den Stoff, der immer noch wild in der Luft flatterte. „Und wer ist nun dieser Gordon?"

Hugo, der Becky beim Entwirren half, grinste. „Ein Flattergeist aus dem Irrgarten von Schloss Rosenbolt."

„Gordon hat uns super geholfen, als wir die Verschwörung von Prinz Alvar und seinen Kumpels verhindert haben", erzählte Ben.

Pippa staunte. „Ihr habt so coole Sachen erlebt. Ab jetzt will ich immer dabei sein, okay? Kann ich helfen?"

„Nimm den Schlüsselbund und halte ihn gut fest", wies Becky das Mädchen an. „Er ist Gordons Ein und Alles!"

Es dauerte eine Weile, bis alle Knoten in Gordons Kleid gelöst waren. Danach wuchs das stoffige Etwas in die Höhe, als würde es von einem unsichtbaren Faden gezogen. Länger und länger wurde der Flattergeist und dehnte sich zugleich in die Breite aus. Jetzt konnten sie alle auch Gordons feuerrote Augen sehen. Mit ihnen starrte das Gespenst auf die Versammlung im Kaminzimmer. Vor ihnen schwebte nun tatsächlich ein Gespenst. Ein wabernder weißer Geist in einem zerfetzten Kleid.

„Grompf." Das Gespenst schnappte sich den Schlüsselbund aus Pippas Händen und rasselte vergnügt damit. „Danke schön. Seid ihr verwunderlich, dass ich euch hier in der magischen Welt besuche?"

Becky schüttelte den Kopf. „Ich nehme an, das hat etwas mit dem Donnerknattertal zu tun. Glimmeria und die anderen haben unsere Bitte nach einem Knattergeist-Experten gehört und dich geschickt, stimmt's?"

„Becky, du bist höchst schlauerlich. Dann weißt du also Bescheidlich", meinte Gordon.

Becky lächelte. „Kombinieren gehört zu meinen liebsten Beschäftigungen. Ich liebe alles, was mit Detektiven, Spürnasen und dem Lösen von Fällen zu tun hat."

„Das ist gut." Gordon schwebte eine kleine Runde durch den Raum. „Unsere gemeinsame Reise wird wohl auch ein wenig knifflerisch. Knattergeister mögen dunkle Magie. Deshalb brauchen wir jemanden, der euch wunderherrlich darauf vorbereitet."

Hugo staunte. „Du meinst auf dunkle Magie?"

Gordon schüttelte den Kopf. „Ich meine *mit* dunkler Magie. Die Knattergeister muss man mit ihren eigenen Waffen schlagen. Ganz einfachlich."

Ben hob das Buch vom Boden auf, das bisher noch niemand beachtet hatte, und las den Titel vor:

„Meister und Meisterinnen der dunklen und weißen Magie. Eine alphabetische Auflistung."

Hugo pfiff durch die Zähne. „Na, wer sagt es denn. Da müssen wir nur den richtigen herauslesen."

„Genoveva hat es mitgegeben", erklärte Gordon. „Ein Sachbuch, eher seltenlich in ihrer Abteilung."

„Wer liest?" Becky sah in die Runde.

Bens Hand schoss in die Höhe. „Ich würde gern."

„Warte!" Bevor Ben die Seiten öffnete, gab ihm Gordon noch einen Hinweis: „Suche die passende Person, Ben. Lies genau, was über ihr Leben geschrieben steht. Sie muss die dunkle Magie zwar beherrschen, aber auf der richtigen Seite stehen. Sie muss zu den Guten gehören, ist das versteherisch?"

„Hab's verstanden, klar."

Gespannt nahmen alle auf einem Sofa oder Sessel Platz, während Ben in dem Wälzer blätterte. Es war schon kurz vor Mitternacht, als er das Buch endlich zuschlug.

„Fertig. Unser Zauberer müsste gleich hier sein. Ein guter Magier, der auch dunkle Magie beherrscht. Wie wir es wollten. Er hat freundlich und schlau gewirkt. Wieder ein Schwebewesen, das ich gerade noch herauslesen konnte, bevor es zu einem Mädchen unterwegs war, das ..."

Ben konnte seinen Satz nicht beenden, denn plötzlich loderte ein Feuer auf, Rauchschwaden hüllten die Umgebung in ein graues Einerlei. Als sie sich verzogen hatten, stand ein kleiner, rundlicher Kerl mit einem hohen, ziemlich schief sitzenden Zauberhut und einem dunkelblauen Mantel voller glänzender Sterne vor ihnen.

„Potz und Blitz und Minz und Mauz. Hier kommt Zauberer Ignaz Plauz", rief er und wedelte mit seinem Zauberstab.

„Minz und Mauz?", hauchte Becky in Bens Richtung.

Hugo warf Ben ebenfalls einen überraschten Blick zu. „Ist er wirklich der Richtige?"

„Natürlich und ja! Ich bin wunderbar“, gab der Zauberer zurück und rückte seinen Hut gerade. „Ich habe gute Ohren, Becky und Hugo, und manchmal kann ich sogar Gedanken lesen. Außerdem bin ich der Beste, den ihr für eure Mission kriegen könnt.“

„Wörklöch der Beste?“ Ferdinand sah Ignaz streng an.

„Na ja, alle anderen Zauberinnen und Zauberer waren unterwegs“, gab Ignaz kleinlaut zurück. „Aber ich beherrsche jede Art von Magie.“

„Im Ernst?“ Pippa verschränkte die Arme. „Das musst du beweisen.“ Sie tippte auf Watsons Rücken. „Lass ihn fliegen.“

„Den Hund?“, fragte Ignaz.

„Natürlich den Hund“, rief Pippa ungehalten. „Oder habe ich auf ein Kamel gezeigt?“

„Ähm ... muss es unbedingt mein Hund sein?“, meldete sich Hugo zu Wort.

„Für die gute Sache müssen wir alle Opfer bringen“, gab Pippa schlagfertig zurück. „Also los, Ignaz Plauz.“

Der Zauberer wedelte mit seinem Zauberstab.

„Potz und Blitz,
der Hund soll nun ...",
Ignaz kratzte sich nachdenklich unter seinem Hut,
„... als Ziege seine Arbeit tun."

„Als Ziege?", rief Hugo noch, doch es war zu spät.

Ein Donnerknall hallte durchs Kaminzimmer und auf Watsons Körper saß mit einem Mal der Kopf einer Ziege.

„Meck-meck-meck", beschwerte sich das Tier.

Ignaz kratzte sich am Hinterkopf. „Upsi, da habe ich die Wörter verwechselt. Eigentlich wollte ich sagen, dass Watson *fliegend* seine Arbeit tun soll."

„Na, super." Hugo tätschelte Watson die kleinen Hörnchen. „Alles wird gut, mein Freund. Kannst du das bitte sofort rückgängig machen, Ignaz?"

„Natürlich. Selbstverständlich." Ignaz hob den Zauberstab und murmelte:

„Alles heil und kerngesund,
aus Ziege werde wieder Hund."

Erleichtert sahen alle, wie Watson nach einem Knall wieder als Hund durch den Raum tobte.

„Ich mag nicht mehr verzaubert werden“, knurrte der Hund. „Beim nächsten Mal gern jemand anderes.“

„Ich gebe zu, dass mir höchst gelegentlich die richtigen Wörter entgleiten.“ Ignaz nestelte verlegen an seinem Mantel. „Aber ihr seht, ich kann es auch richtig.“

Becky nickte. „Und wie sieht es mit dunkler Magie aus? Da brauchen wir leider auch noch einen Beweis deiner ... ähm ... Zauberkunst.“

„Nichts leichter als das.“ Ignaz nickte. „Ich werde Gordon in Ketten legen, denn so ähnlich soll ich doch auch mit den Knattergeistern verfahren, oder?“

„Wenn es sein muss“, gab Gordon zurück. „Ich möchte nur nicht verknotet sein, wenn es rechtlich ist.“

„Sag mal, Ignaz, woher weißt du eigentlich schon so genau von unserem Plan?“, wunderte sich Pippa. „Und warum kennst du unsere Namen?“

Ignaz kicherte. „Das, mein liebes Kind, *ist* bereits dunkle Magie. In meinem Fall nutze ich diese aber für gute Zwecke.“

Wieder zückte er sein magisches Utensil, diesmal in Richtung des Flattergeistes.

„In Ketten gefangen, an die Decke gehangen.
Keine Regung mehr – bitte sehr!“

Dunkle Nebelschwaden waberten durch das Zimmer wie Monster. Als sie sich aufgelöst hatten, entdeckten alle den verzauberten Gordon. Der Flattergeist hing mit schweren Ketten verschnürt an der Decke. Völlig bewegungslos.

„Wow!“ Pippa applaudierte begeistert. „Das war genial, Ignaz. Kannst du mir das beibringen?“

Der Zauberer sah das Mädchen einen Moment überrascht an. „Pippas Vorschlag ist gar nicht übel. Ich werde euch auf unserer Reise ausbilden. Ab heute seid ihr meine Zauberlehrlinge. So verstärkt sich unsere Magie.“ Er senkte den Kopf. „Und vielleicht ist es besser so, falls ich beim Zaubern etwas durcheinanderbringe.“

Becky, Hugo und Pippa grinsten.

„Cool!“ Ben konnte es kaum glauben.

„Brauchen wir keine Zauberstäbe?“, fragte Pippa.

„Selbstverständlich.“ Ignaz Plauz rieb sich den Bauch. „Ich spüre ganz deutlich, dass wir die finden werden.“

In Beckys Kopf schlugen die Gedanken Purzelbäume. Sie hatte sich bereits heimlich die Zaubersprüche von Ignaz Plauz gemerkt, natürlich nur die richtigen. Irgendwie hatte Becky das Gefühl, sie gut gebrauchen zu können. Außerdem stellte sie fest, dass sie Zauberei mindestens so spannend fand wie die Detektivarbeit. Sie wollte eine gute Zauberschülerin werden. Unbedingt!

„Das wird eine spannende Reise“, sagte Becky.

„Das sehe ich genauso, liebe Becky. Ich begleite euch gern. Könnt ihr mich zu diesem Zweck wieder befreien?“, schaltete sich Gordon ein. „Mir wird ein wenig schwindlerisch hier oben.“

„Natürlich, natürlich." Ignaz befreite den Flattergeist ohne Wortverdrehungen von seinen Ketten. „Dann kann es morgen losgehen."

Ferdinand hob die Blechhand. „Du sollst möch aber vorher wöder nach Hause zurücklesen, Becky. Öch werde euch leider wöder verlassen. Für Mos flögenden Teppöch bön öch einfach zu schwer." Er marschierte zur Tür. „Vorher werde öch allerdöngs meinem löben Cousön Luitpold noch einen Besuch abstatten. Das wörd ein Spaß!"

5. Kapitel

Ängste und Überwindungen

Ausgeschlafen und voller Aufregung warteten Becky, Hugo, Ben und Pippa am nächsten Morgen mit den beiden Haustieren, dem Zauberer Ignaz Plauz und dem Flattergeist Gordon vor dem Schloss von Pomeranza. Sie warteten auf den Teppichjungen Mo.

Die Königin hatte extra die Ehrengarde unter der Leitung ihres Kommandanten Luitpold aufmarschieren lassen, um die Freunde und deren Helfer zu verabschieden.

Auch Malina war gekommen, um die Bücherretter zu verabschieden. Immerhin war es ihr Buch, das gestohlen worden war.

Luitpold und seine Männer waren ausgesprochen dankbar, dass sie nicht selbst mit der Mission beauftragt worden waren. Als Ferdinand seinem Cousin kurz vor seiner Rückreise berichtet hatte, dass Becky und ihre Freunde das Zauberbuch von Malina im Donnerknattertal suchen wollten, wäre Luitpold beinahe in Ohnmacht gefallen. Er hatte fürchterliche Angst vor Gespenstern!

Das merkte man beim Aufmarsch, als Gordon aus dem Kaminzimmer in den Hof flatterte. Luitpolds Knie schlotterten so heftig, dass er sich auf sein Schwert stützen musste. Etliche Soldaten, denen es genauso ging, versteckten sich hinter Büschen. Einige wurden bewusstlos.

„Ts, ts, ts", meinte Pomeranza tadelnd. „Da kann ich nur froh sein, dass sich die Bücherretter der heiklen Sache annehmen. Meine Soldaten sind so schreckhaft."

Beschämt senkte Luitpold den Kopf.

„Ist doch nicht schlimm, Pomeranza", meinte Becky aufmunternd. „Jeder von uns hat nicht nur Stärken, sondern auch Schwächen. Und Angst haben wir alle mal." Sie drückte der Königin den Sack mit den Büchern in die Hand, die Ferdinand gebracht hatte. „Lies ein paar Bücher. Dann wirst du sehen, dass wir alle über uns hinauswachsen und Helden werden können." Sie zwinkerte Luitpold zu. „Ich habe zwar keine Angst vor Gespenstern, aber vor Spinnen. Fürchterliche Angst sogar!"

Verblüfft nahm Pomeranza den Sack mit den Büchern entgegen. „Du überraschst mich immer wieder, Becky. Du bist wirklich ein schlaues und faires Mädchen."

„Und meine Freundin!", hörten alle eine bekannte Stimme im Schlosshof.

Als sie zum Himmel blickten, schwebte dort ein fliegender Teppich mit einem dunkel gekleideten Jungen, der Kopfschmuck trug.

„Da ist Mo!" Hugo freute sich sehr über die Ankunft des Freundes und winkte ihm zu. „Willkommen zurück, Mo. Endlich bist du da!"

Im Schneidersitz thronte der Teppichjunge auf seinem ungewöhnlichen Flugobjekt.

„Seid auch ihr gegrüßt, liebe Freunde, und du, meine

Königin. Tut mir leid, ich bin spät. Doch ich war tausendundeine Nacht unterwegs von Ali Baba und den vierzig Räubern zu Aladin und seiner Wunderlampe."

Längst kannte Pomeranza den Jungen, der Becky, Hugo, Ben und nun auch Pippa bei ihren Abenteuern begleitet hatte. Denn sie war es gewesen, die Mo zunächst als Spion auf sie angesetzt hatte. Wie gut, dass inzwischen alle Freunde waren!

Mo ließ den Teppich weiter sinken, bis er schließlich im Hof des Schlosses landete. Der Junge sprang ab.

„Beim Barte des Propheten, wo soll die Reise hingehen?"

„Ins Donnerknattertal“, antwortete Becky.

Mos Gesicht wurde fahl. „Davon habe ich gehört. Allerdings nichts Gutes. Ich weiß, dass dort üble Gesellen hausen. Und dass es nur eine Möglichkeit gibt, ungesehen in dieses Tal zu gelangen.“

„Super, dann kannst du uns ja dorthin bringen. Welche Möglichkeit ist das?“, wollte Hugo wissen.

Mo lächelte. „Das weiß ich nicht. Aber ich weiß jemanden, der Bescheid weiß: Mama Huhn!“

„Mama Huhn?“ Pippa kicherte. „Eine Henne?“

Jetzt musste auch Becky lachen. „Mama Huhn ist eine ältere Dame. Sie ist die gute Seele dieser Welt und eine unserer wichtigsten Vertrauten. Bei ihr sind wir immer sicher und willkommen. Du wirst sie mögen, Pippa!“

„Dann lasst uns aufsteigen“, schlug Hugo vor. „Wir dürfen doch, Mo?“

Der Teppichjunge verbeugte sich höflich. „Es ist mir eine Ehre, euch wieder durch die magische Welt fliegen zu dürfen. Es gibt genug Platz.“

Ignaz Plauz, der sich bisher im Hintergrund gehalten hatte, räusperte sich.

„Entschuldige bitte, lieber Ignaz." Becky hieb sich mit der flachen Hand an die Stirn. „Ich habe euch noch gar nicht vorgestellt. Das hier ist Ignaz Plauz, ein Zauberer, der uns unterwegs seine Künste erklären und uns zu Zauberschülern ausbilden wird." Sie deutete erst auf Ignaz, dann auf Mo. „Und das hier ist Mo, einer unserer besten Freunde hier. Ohne seinen fliegenden Teppich wären wir schon häufig aufgeschmissen gewesen."

„Freut mich, Ignaz. Möchtest du mit uns reisen?" Mo verneigte sich leicht.

Der Zauberer schüttelte den Kopf. „Ich nehme lieber meinen Staubsauger, danke."

Er klatschte einmal in die Hände, wisperte einen Zauberspruch und hielt augenblicklich einen breiten Sauger in der Hand. Ignaz hockte sich darauf, klatschte erneut und der Sauger erhob sich in die Luft.

„Fertig!", rief er. „Ihr könnt euch auf dem Teppich niederlassen. Die Reise beginnt."

„Ich steige nur auf, wenn auch genug Nüsse für mich da sind", protestierte Lotti. „Nur beim Knabbern kann ich meine fürchterliche Höhenangst überwinden."

„Das habe ich nicht vergessen." Mo hob ein Säckchen vom Teppich und hielt es Lotti hin. „Wie riecht das?"

Lotti schnupperte. „Nach Haselnüssen. Und Cashewkernen. Und Walnüssen! Du bist der Beste, Mo."

„Gemeinheit", brummte Watson. „Und ich?"

Mo angelte nach einem zweiten Beutel. „Ein dicker Knochen. Oder hast du geglaubt, dass ich nicht an dich gedacht habe, mein Bester?"

Begeistert schleckte Watson dem Jungen über die Hand. Dann hüpfte der Hund mit einem Satz auf den Teppich, rollte sich dort neben seinem Beutel mit dem Fressen zusammen und schlief ein. Lotti folgte ihm und kuschelte sich eng an den Hundefreund. Sie wusste genau, dass auch Watson die Höhe, die Mo mit seinem Teppich erreichen konnte, nicht geheuer war.

Becky, Hugo, Ben und Pippa suchten sich ebenfalls ein gemütliches Plätzchen und verstauten die Rucksäcke mit ihren wenigen Sachen.

„Gute Reise, meine Helden", rief Königin Pomeranza.

Malina warf den Abreisenden Kusshände zu. „Ich danke euch von Herzen, dass ihr diese waghalsige Mission für mich und die gesamte magische Welt übernehmt!"

„Ihr könnt starten, ich fliege mit Ignaz hinterher", erklärte Gordon. „Ein Gespenst braucht keinen Sitzplatz."

„Komm trotzdem immer mal vorbei und setz dich zu uns auf den Teppich", bat Pippa. „Ich würde so gern mehr von dir erfahren."

Mo gab dem Teppich den Befehl, sich in die Luft zu erheben. Mit sanften Bewegungen schraubte sich das weiche Fluggerät unter dem Jubel der Königin und ihrer Armee in die Höhe. Pomeranzas Hofstaat, die vielen Gäste und auch die Feen waren längst wieder nach Hause zurückgekehrt. Die Enttäuschung über das abgesagte Fest war einfach zu groß gewesen.

Die Kinder winkten der Königin, Malina und den Rittern noch eine Weile zu und legten sich dann bäuchlings auf den Teppich, um über den fransigen Rand nach unten sehen zu können. Sie genossen die unterschiedlichen Landschaften, plauderten miteinander und ließen sich den Fahrtwind um die Nasen pfeifen. Mo saß hoch aufgerichtet am anderen Rand des Teppichs und steuerte ihn durch den Himmel.

Gefolgt von Ignaz und Gordon segelten sie über Dörfer, in denen Märchenwesen aller Art wohnten, und einsame Hexenhäuser, deren Kamine dunkle Rauchschwaden in den Himmel pusteten. Sie flogen über Berge, aus deren Höhlen die Schwanzspitzen von mächtigen Ungeheuern baumelten. Über weite Täler, in denen Einhörner grasten und Elfen Fangen spielten. In einem tiefen, flaschengrünen Gewässer planschte eine ganze Familie von Seeungeheuern und sah neugierig nach oben, als sie

den Teppich mit seinen Fluggästen bemerkte. Mächtige Schlösser, Burgen und Kastelle sahen die Bücherretter. Tiefe Schluchten und verwunschene Wälder.

Und dann begann Mo, Geschichten zu erzählen. Märchen aus Tausendundeiner Nacht, aus dem Morgenland, aus der Welt von Kalifen, Wesiren und Dschinn.

Becky, Hugo, Ben und Pippa lauschten fasziniert, denn Mo war ein wunderbarer Geschichtenerzähler. Er konnte Stimmungen erzeugen, Gefühle heraufbeschwören und den Gedanken Flügel verleihen.

Die Zeit verging rasend schnell.

6. Kapitel

Hühner und Pfannkuchen

Es war später Nachmittag, als sie in der Ferne das Haus von Mama Huhn entdeckten.

Mo hatte ein paar Kurven über der magischen Welt gedreht. Er wollte sehen, ob es Veränderungen im Verhalten der Bewohner gab und ob das Rumpelstilzchen schon einen Aufstand angezettelt hatte.

Aber bisher schien alles ruhig und friedlich zu sein.

Flackerndes Kerzenlicht erleuchtete die Fenster von

Mama Huhns Wohnhaus, vor der Tür pickten Hühner ein paar vergessene Körner oder badeten in einer Pfütze.

„Ich will auch Körner", meldete sich Lotti. Das Streifenhörnchen hatte sich neben Becky bis an den Rand des Teppichs gewagt. „Ich bin so hungrig. Alle Nüsse sind weg. Und mir ist langweilig. Ihr wisst doch, dass ich Flugangst habe, aber trotzdem soll ich immer mit diesem Teppich durch die Gegend düsen. Ich bin doch kein Flughörnchen! Dieses ständige Fliegen findet ihr vielleicht schön, aber ein Streifenhörnchen beschäftigt sich lieber in der Natur. Wenn ich auf einen Baum klettere, kann ich auch alles von oben sehen. Oder auf ein Hausdach oder wenn ich ..."

„Lotti Quatschhörnchen", brummte Watson. „Ich bekomme Kopfschmerzen von deinem Redeschwall."

„Pfff." Lotti putzte sich ihr Näschen. „Ich wollte nur sagen: Können wir eine Pause machen?"

Pippa schnupperte: „Wenn ihr mich fragt, duftet es aus dem Haus nach Essen."

Auch Becky hob den Kopf. „Stimmt. Nach Pfannkuchen."

„Pfannkuchen!" Hugo rieb sich den Bauch. „Ich sterbe gleich vor Hunger. Pfannkuchen liiiiiiebe ich!"

„Festhalten, wir landen", rief Mo.

Geschickt ließ er den Teppich vor der Haustür von Mama Huhn landen. Direkt neben dem Schild *Hier wohnt Mama Huhn mit ihrer Hühnerschar*.

„Herein, die Tür steht offen", ertönte eine Stimme aus dem Inneren. „Der Tisch ist gedeckt, das Essen wartet."

Gespannt traten, schlurften oder tapsten alle in die Küche. Becky hatte richtig getippt. Es gab Pfannkuchen!

Am Herd stand eine ältere Frau im Leinenkleid und mit grauen Haaren, über die sie ein Kopftuch gebunden hatte, und wendete die Eierkuchen. Auf dem Tisch stand schon ein Teller, turmhoch gefüllt. Daneben Zimt, Zucker, Apfelmus und Schokocreme.

„Hallo, Becky, Hugo, Ben und Mo. Und natürlich Watson und Lotti", sagte die Frau und wandte ihnen weiter den Rücken zu. „Wer ist das Mädchen, das ich noch nicht kenne? Und was essen bloß Gespenster und Zauberer?"

Erstaunt lauschte die Gruppe den Worten der Dame. Sie wusste über alles Bescheid, ohne sie angesehen zu haben.

Erst in diesem Moment drehte sich Mama Huhn um und ließ den nächsten goldgelben Pfannkuchen auf den Teller gleiten.

„Mama Huhn!" Becky umarmte sie liebevoll.

„Ich bin Pippa." Das Mädchen schüttelte Mama Huhns Hand. „Woher hast du gewusst, dass wir kommen? Und dass ich dabei bin? Und Gordon, unser Flattergeist, und Ignaz Plauz, der Zauberer?"

„Das würde mich auch interessieren", erklärte Ignaz. „Das ist doch ... Zauberei! Oder etwa dunkle Magie?"

„Keine Zauberei, sondern Weisheit." Mama Huhn nahm ihre Schürze ab. „Gwinny hat euch angekündigt."

Von draußen klopfte eine weiße Taube mit dem Schnabel an die Fensterscheibe. Mama Huhn öffnete, Gwinny

flog herein und flatterte zu den zahlreichen Hühnern, die überall in Mama Huhns Haus herumruckelten. Neben einem stattlichen Hahn ließ Gwinny sich nieder und pickte Körner vom Boden.

Mama Huhn nahm eine Schüssel aus dem Regal über dem Herd, ließ Sonnenblumenkörner hineinregnen und stellte sie Lotti hin. „So, mein Lieblingshörnchen. Das magst du doch, oder?“

Auch Watson bekam je einen Napf mit Futter und Wasser. Die Kinder versammelten sich um den Tisch.

„Greift zu“, bat Mama Huhn. „Zum Nachtisch gibt es Obst aus meinem Garten. Es ist genug für alle. Auch für euch, Gordon und Ignaz. Bitte nehmt euch die Zeit, in Ruhe zu speisen. Und dann berichtet ihr mir, welche Aufgabe ihr diesmal lösen sollt.“

Während die Mädchen und Jungen samt Ignaz am Tisch Platz genommen hatten, schwebte Gordon zum Kronleuchter und legte sich zwischen dessen Arme über den funkelnden Glasketten.

„Das erinnert ihn an das Schloss und die alten Säle, durch die er damals gespukt ist, bevor er sich in den Irrgarten zurückgezogen hat“, sagte Mama Huhn und beobachtete Gordon.

Verblüfft sah Becky sie an. „Woher weißt du das?“

Mama Huhn lächelte. „Ich weiß viel.“

Am Auf und Ab des Schlüsselbundes konnten alle erkennen, dass der Flattergeist eingeschlafen war.

Zeit, um endlich mit dem Essen zu beginnen. Und das taten sie! Hugo verputzte sieben Pfannkuchen, Ben tat es ihm nach. Pippa, Mo und Ignaz Plauz schafften fünf, Becky drei. Mama Huhn hatte schon nach einem das Besteck beiseitegelegt und wartete geduldig, bis alle gegessen und ihr die neue Mission erläutert hatten.

„Soso, das Donnerknattertal“, meinte sie schließlich. „Keine leichte Übung, aber machbar. Die einzige Möglichkeit, unbemerkt ins Tal zu gelangen, ist die alte, längst zerfallene Knatterbrücke.“ Sie hielt den Finger vor den Mund. „Man munkelt, dass sie von einem großen Flugwesen zerstört wurde. Absichtlich. Gut wäre, ihr würdet von den Ruinen der Brücke ins Tal hinunterfliegen.“

„Mit meinem Teppich?“, fragte Mo.

Mama Huhn schüttelte den Kopf. „Viel zu gefährlich, den Teppich mit seinen Fluggästen würden die Knattergeister sofort erspähen. Ihr müsst einzeln fliegen. Oder euch abseilen. Oder irgendetwas in der Art. Möglichst gut getarnt. Sonst entdecken euch die Gespenster des Tals.“

„Unbemerkt abseilen? Ohne Teppich hinunterfliegen? Wie soll das gehen?“, fragte Ben verzweifelt und biss in einen Apfel aus Mama Huhns Garten.

„Unmöglich“, meinte Hugo.

„Ihr schafft das“, machte Mama Huhn ihnen Mut. „Ich glaube an euch!“

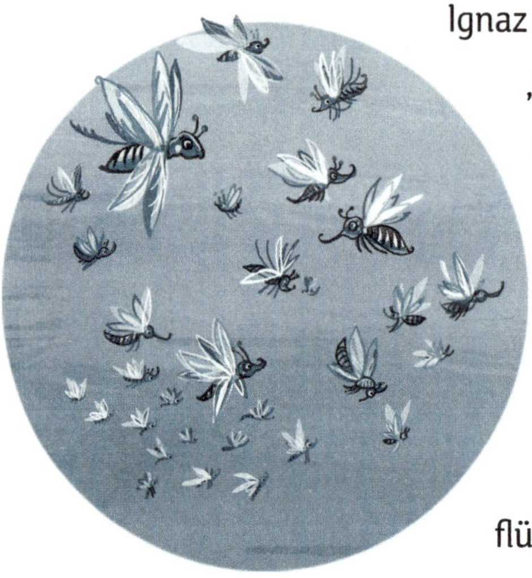

Ignaz grinste. „Ich habe einen Einfall.“

„Und der wäre?“ Pippa stemmte die Ellbogen auf den Tisch und legte ihren Kopf auf die geballten Fäuste. Sie spuckte einen Kirschkern auf ihren Teller. „Sag schon!“

„Wir könnten es mit den Vielflügelkäfern versuchen.“

Becky, Hugo, Ben und Pippa sahen Ignaz verständnislos an.

„Vielflügelkäfer?", wunderte sich auch Mo. „Davon gibt es Tausende. Was soll an ihnen besonders sein?"

„Die Kerlchen sind winzig", ergänzte Mama Huhn. „Meine Hühner lieben sie als kleinen Snack."

Die Kinder kriegten sich nicht mehr ein vor Lachen.

„Das müssen ja Superkäfer sein", prustete Pippa. „Mit Superkräften!"

Mama Huhn stand auf und ging zum Fenster. Sie deutete nach draußen. „Gerade jetzt, in der Abenddämmerung, sind diese Insekten überall zu finden."

„Bestens." Ignaz schmunzelte. „Lasst uns hinausgehen und welche suchen. Packt bitte so viele, wie ihr finden könnt, vorsichtig in einen Eimer oder ein Gefäß. Den Rest verrate ich euch später."

„Also dann. Auf zum Käfersammeln!", rief Hugo.

Im Verborgenen …

„Was soll das werden? Völflügelkäfer? Was denkt söch döser Zauberer?"

Verärgert löste Ferdinand seinen Blick von der Kristallkugel, stand auf und stampfte mit seinem Blechschuh auf den Boden. Graue Staubflocken wirbelten vom Boden und aus den Bücherregalen auf.

„Haaatschi!" Genoveva presste sich ihr Taschentuch vor die Nase. „Ich werde krank von diesen Flusen. Ganz sicher leide ich unter einer grässlichen Stauballergie."

„Du mit deiner Stauballergie." Pepper stellte sein Fell

auf. „Magische Wesen können nicht krank werden. Außerdem geht es um wichtigere Dinge, meine liebe Genoveva. Es geht um die Mission unserer Bücherretter."

„Natürlich. Entschuldigt mich", murmelte sie.

„Was hat Ignaz mit diesen Vielflügelkäfern vor?", wollte Lady Rose wissen. „Ist er nicht ganz bei Sinnen?"

„Oje, das kann doch nichts werden. Sicher wäre es besser gewesen, einen anderen Zauberer aus dem Buch herauszulesen", überlegte Lady Botterblom.

Lady Greenie schnaubte. „Oder – noch besser – eine fachkundige Magierin."

Gespannt sahen die drei Buxies und Glimmeria weiter in die Kristallkugel der Fee und lauschten Herrn Nase.

„Lasst Ignaz Plauz nur machen." Glimmeria lächelte. „Ihr unterschätzt ihn. Ich bin sicher, er ist ein guter Zauberer. Nein, sogar sehr gut."

„Ach, du fette Ratte." Pepper wechselte einen überraschten Blick mit Genoveva. „Unsere Fee ahnt etwas. Na, dann wollen wir weiter in Ruhe beobachten, was bei Mama Huhn passiert. Ferdinand, nimm bitte wieder deinen Platz ein."

Der Blechritter folgte der Aufforderung des Chefs.

„Sehr wohl." Gehorsam verneigte sich Ferdinand vor Pepper. Wie immer tief. Viel zu tief ...

Blitzschnell hob Glimmeria ihren Feenstab und sagte: „Allez hopp! Zurück mit dem Kopp!"

Knapp über der wertvollen Kristallkugel stoppte der Ritterkopf und schwebte zurück auf die Ritterrüstung.

„Tausend Dank", murmelte Ferdinand verlegen.

Pepper stöhnte, die Buxies schüttelten die Blätterkleider.

„Als hätten wir nicht schon genug Aufregung in der magischen Welt", seufzte Genoveva. „Nun lasst uns weiter beobachten, was passiert. Ich bin so furchtbar aufgeregt!"

7. Kapitel

Vielflügelkäfer und falsche Magie

Das goldene Licht der Abendsonne flutete den Hof von Mama Huhn, als die Gruppe hinaustrat. Nur Gordon fehlte. Keiner hatte ihn wachrütteln können, so tief hatte der Flattergeist geschlafen.

Becky entschied, dass er sich lieber erholen sollte. Sie würden seine Hilfe bei den Knattergeistern bestimmt besser nutzen können, wenn Gordon ausgeruht war. Auch Watson und Lotti durften ausnahmsweise nicht mit nach draußen kommen, damit sie keinen Unfug anstellten oder die Käfer verscheuchten.

„Putt, putt, putt. Kommt zu mir, ihr Käferchen“, säuselte Pippa belustigt, während sie auf der Suche nach den Tierchen über den Hof lief.

Mama Huhns Federvieh sah das Mädchen an. Normalerweise waren es die Hühner, die auf den Lockruf hörten.

Becky, Hugo, Ben und Mo pflückten einige Vielflügelkäfer von den Bäumen, hoben sie vom Boden auf oder fischten sie aus den Futterschalen der Hühner. Die Insekten waren tatsächlich klitzeklein und doch überall.

Hätte Ignaz Becky, Hugo, Ben und Pippa nicht beschrieben, dass sie flaschengrün schimmerten, hätten sie die Käfer glatt übersehen. Was der Zauberer wohl mit den Zwergen anstellen wollte?

„Ich glaube, wir haben genug“, sagte Ben bald.

Mit dem Eimer in der Hand lief er zu Ignaz, der sich schon mit seinem Zauberstab bewaffnet hatte.

„Gut, Junge. Kipp sie vorsichtig auf den Boden, denn jetzt muss alles schnell gehen“, forderte Ignaz ihn auf. „Die Vielflügelkäfer dürfen nicht wegfliegen.“

Kaum hatte Ben den Eimer geleert, hob Ignaz den Zauberstab und rief:

„Winzig kleine Käferlein.
Achtung jetzt – es muss sein!
Klein-schei...“,

begann Ignaz Plauz, als in diesem Augenblick etwas über den Hof raste. Es war Borstel, das Lieblingsschwein von Mama Huhn.

Becky konnte zusehen, wie der Zauberer seine Aufmerksamkeit auf das Schwein richtete. Sie ahnte, dass dies kein gutes Zeichen war. Und sie hatte recht.

„Winzig kleine Käferlein.
Achtung jetzt – es muss sein!“,
wiederholte Ignaz und fuhr fort:
„Schwein-sein,
Groß-schein!“

Grelle Blitze zuckten über den Himmel. Als sie verschwunden waren, tollte eine Meute grün schimmernder Schweine auf dem Hof herum.

„Upsi." Der Zauberer wirkte ratlos. „Eigentlich sollten die Vielflügelkäfer wachsen und groß scheinen, statt klein zu sein. Sie waren als Reittiere für uns gedacht. Ich glaube, ich habe den Zauberspruch ein bisschen verschusselt. Da ist mir wohl ein *Schwein* hineingerutscht."

Mo kratzte sich unter seinem Kopfschmuck. „Beim Barte des Propheten ... sollten wir nicht lieber meinen Teppich nehmen? Der ist wenigstens sicher."

„Schließt die Tore!" Mama Huhn klatschte in die Hände. „Die Käferschweine dürfen nicht entkommen. Ignaz muss sie erst zurückverwandeln. Das wäre eine Katastrophe für die magische Welt. Zauberfehler bringen Unglück."

„Allerdings", zischte Hugo.

Mit Ben, Becky, Pippa und Mo spurtete er los, um die Tore zu schließen. Gerade noch rechtzeitig, bevor sich die verzauberten Käferschweine in der magischen Welt verstreut hätten, verriegelten sie den Hof.

„Treibt sie zusammen", bat Ignaz mit zitternder Stimme, „dann kann ich meinen Fehler wiedergutmachen."

„Wenn das so einfach wäre", meinte Ben schnaubend.

Gemeinsam versuchten die Bücherretter zu verhindern, dass sich die Tiere in einer Matschgrube wälzten oder sich auf der Suche nach Futter ins Hühnerhaus und die Scheune zwängten.

„Schluss jetzt! Das ist eine Arbeit für Watson", stellte Hugo fest. „Ich hole ihn."

„Bring Lotti mit", rief Becky. „Sonst ist sie beleidigt."

Zur Überraschung aller erledigte Watson seine Arbeit so problemlos, als hätte er noch nie etwas anderes getan. Mit lautem Bellen jagte er die Käferschweine in ein Gehege, das Mama Huhn ihm gezeigt hatte.

„Der geborene Hütehund", meinte Lotti anerkennend.

„Dieser Instinkt wurde unserem Watson wohl schon in die Wiege gelegt", erklärte Mo bewundernd. „Wer hätte das gedacht, mein Hundefreund."

Ignaz streichelte Watson. „Ich danke dir, du hast einen Zauber bei mir frei."

Statt einer Antwort jaulte der Hund.

„Ich glaube, er verzichtet", flüsterte Hugo Becky zu.

Der Zauberer war sichtlich erleichtert. Gerade wollte er seinen magischen Stab zücken, da hielt Becky ihn auf.

„Stopp!" Sie hob die Hand. „Bevor du loslegst, möchte ich, dass du mir die richtigen Sprüche ins Ohr flüsterst. Damit auf keinen Fall wieder etwas schiefgeht. Ich werde mir erst den Zauberspruch merken, mit dem du aus den Schweinekäfern wieder ganz normale Insekten machst. Dann den Spruch, der die Käfer groß zaubert. So kann ich im Falle des Falls eingreifen, wenn etwas schiefgeht."

„Gute Idee, Becky." Hugo hob den gestreckten Daumen.

Mama Huhn nickte. „Schlaues Mädchen."

Ohne Widerrede stimmte Ignaz zu. Erst danach begann er wieder sein Werk.

Unter Beckys wachsamen Augen und Ohren verwandelte Ignaz die Tiere im Gehege wieder in Vielflügelkäfer, danach ließ er sie so wachsen, dass sie als Reittiere dienen konnten. Zum Schluss legte er noch einen kleinen

Gehorsamszauber über die Käfer, damit sie sich nicht in alle Winde zerstreuten, ihre Reiter abwarfen oder deren Befehlen nicht gehorchten. Für die schwierige Mission war Disziplin gefordert!

Interessiert betrachteten die Mädchen und Jungen, Mama Huhn, Lotti und Watson die riesigen Käfer. Die Insekten waren so zutraulich, dass sie sich streicheln ließen. Ihre schnarrenden Geräusche verrieten, dass ihnen die Liebkosungen gefielen.

„Jetzt ist mir klar, warum du Vielflügelkäfer gewählt hast. Die zahlreichen Flügel wirken wie dichte Vorhänge. Ihr könnt euch problemlos hinter diesen verstecken und von der Knatterbrücke hinab ins Donnerknattertal flattern“, stellte Mama Huhn erstaunt fest.

„Wenn wir mit so vielen Käfern ankommen, bemerkt keiner die Kinder, Gordon und mich. Jeder wird annehmen, dass riesige Käfer eine Runde durchs Tal drehen. Ich bin sicher, dass die Knattergeister keine Ahnung haben, welche Käfer in welcher Größe in der magischen Welt herumfliegen", erklärte der Zauberer. „Unsere Vielflügelkäfer sind groß und ihre Flügel kräftig und stark."

Pippa umarmte Ignaz. „Wenn du dich konzentrierst, bist du ein richtig guter Zauberer!"

„Okay, jetzt bin ich wieder beruhigt. Unsere Reise kann doch was werden", sagte Ben fröhlich.

Hugo klatschte Ben ab. „Und zwar was Großartiges!"

„Würdest du die Käfer noch in die Scheune treiben, Watson?", bat Mama Huhn und sah sich gründlich nach allen Seiten um. „Ich möchte nicht, dass jemand sie sieht, bevor eure Reise losgeht. Wer weiß, ob das Rumpelstilzchen und die Giftzwerge nicht schon Spione losgeschickt haben."

„Nichts leichter als das!"

Watson gelang es mühelos, die versammelte Käfermannschaft in die Scheune zu befördern.

Mama Huhn stellte Eimer mit Wasser in das Gebäude, dann verschloss sie das Tor.

„Sicher ist sicher. Solange sich irgendwelche Schurken in unserer magischen Welt herumtreiben, kann man niemand Fremdem trauen.“ Sie ließ den Schlüssel in ihre Schürzentasche gleiten. „Lasst uns ins Haus gehen. Es ist bald Schlafenszeit. Wir sollten noch Proviant für eure Reise vorbereiten und dann zeige ich euch eure Zimmer. Eins für die beiden Mädchen samt Lotti, eins für euch drei Jungs und Watson. Du, Ignaz, bekommst natürlich einen eigenen Raum, um dich auf die Reise vorzubereiten. Und Gordon hat seinen Platz längst gefunden. Husch-husch, hinein mit euch allen! Der Tag war lang und die magische Welt braucht ausgeruhte Retter!“

8. Kapitel

Muckis und Zauberstäbe

Noch vor dem Krähen des Hahns machten sich Becky und ihre Freunde auf zum Donnerknattertal.

Nur widerwillig hatte Mo seinen fliegenden Teppich bei Mama Huhn gelassen, aber auf dieser Reise konnte er ihn nicht gebrauchen. Stattdessen schnappte sich jeder einen Vielflügelkäfer als Reittier. Gordon hatte darauf bestanden, erst in letzter Minute auf eins der Insekten zu steigen. Er flog am liebsten selbst.

Becky lotste ihren Käfer neben den von Hugo. „Ich bin immer noch so glücklich, dass du mich damals dazu gebracht hast, zu lesen. Erinnerst du dich noch? *Als die Tiere sprechen lernten* war mein erstes Buch."

„Als ob ich das vergessen könnte!" Lotti arbeitete sich aus Beckys Pullovertasche und reckte den Kopf in den Wind. „Damals habe ich die Menschensprache gelernt. Mit dem Zauberpulver aus dem Buch. Und Watson auch, seither können wir uns mit euch unterhalten. Ist das nicht schön? Ich sage immer wieder, dass es eine echte Freude sein muss, mit mir zu sprechen. Ich habe eine wunderbare Stimme. Weich und nicht zu hoch, aber nicht kratzig oder fiepsig und überhaupt muss ich ..."

„Schnauze!", jaulte Watson, der auf Hugos Schoß saß. „Entschuldige, Lotti, das ist zu viel Text am Morgen."

„Pfff." Beleidigt zog sich das Streifenhörnchen zurück.

„Muss doch mal gesagt werden", brummelte Watson.

„Unsere beiden Streithähne." Hugo grinste breit. „Aber du hast recht, Becky. Dieses Buch war der Anfang von all unseren Abenteuern, von so vielen Bekanntschaften und einzigartigen Freundschaften."

„Ihr meint hoffentlich mich!“ Mo schloss zu den beiden auf. „Wisst ihr, dass wir gerade über die Tintlingswiese schweben? Wenn ihr die Flügel zur Seite schiebt, könnt ihr die Pilze mit den glockenförmigen Hüten sehen. Ich nehme an, die Muckis schlafen noch.“

Doch Mo hatte sich getäuscht. Zwischen den maigrünen Halmen, an denen noch der Morgentau hing, flitzten kräftige, muskulöse Kerlchen mit spitzen Ohren und langen Bärten umher. Auf ihren Köpfen trugen sie pilzähnliche Kappen. Die Muckis!

„Wollt ihr hier, Käfertiere?“, rief eine Muckifrau mit roten Zöpfen.

„Böse seid ihr?“, fragte ein junger Mucki.

Becky ließ ihren Käfer nah über die Wiese fliegen und schob dessen Flügel auseinander, damit sie hinausschauen und die Muckis erspähen konnte.

„Ist es Becky Librum! Retterin der Bücher und unserer gesamten magischen Welt“, rief ein Mucki mit Rauschebart und einem gedrechselten Stab in der Hand.

„Mandu!“ Becky winkte dem Oberhaupt der Pilzwesen zu. „Wir haben leider keine Zeit für einen Besuch, wir sind schon wieder in geheimer Mission unterwegs. Aber ihr könntet uns helfen. Habt ihr das Rumpelstilzchen und die Giftzwerge gesehen? Sie haben das Zauberbuch der dreizehnten Fee Malina gestohlen.“

Lotti steckte ihren Kopf aus der Bauchtasche. „Malinas Buch. Also früher hieß sie Malia, aber dann Malina. Als sie wieder nett und freundlich war. Sie hat gedacht, dass der Name Malina schöner ist als ...“

„Lotti!“ Becky drückte ihr Streifenhörnchen sanft zurück in ihre Tasche. „Das spielt jetzt keine Rolle.“

„Wuff-wuff“, bellte Watson von Hugos Käfer aus. „Kann ich nur bestätigen, Plauderhörnchen.“

„Malinas Buch mit der dunklen Magie? Nicht ist wahr, oder?“, brüllte Mandu erschrocken. „Schurken sind das! Gesehen das Rumpelstilzchen haben wir nicht.“

„Lasst uns weiterfliegen“, mahnte Ignaz. Er flog neben Becky. „Die Bäume haben Ohren, überall könnten sich Spione verstecken. Wir dürfen unsere Mission nicht gefährden.“

„Du hast recht.“ Becky ließ ihren Käfer steigen. „Auf Wiedersehen, Muckis, wir kommen bald wieder vorbei.“

War die Gegend rund um die Tintlingswiese noch sanft und freundlich gewesen, änderte sich das beim Weiterfliegen rasch. Das Gras wurde trocken und gelblich, keine Bäche plätscherten mehr. Stattdessen zeigten sich breite Risse im Boden, die Flussbetten waren ausgetrocknet und karg. Selbst in den wenigen Weihern, die noch Wasser führten, war dieses dick und gelb wie Sirup und stank fürchterlich. Eine düstere, beinahe feindselige Stimmung lag über dem Land.

„Wir erreichen bald das Donnerknattertal“, erklärte Mo mit einem Blick durch das Fernrohr. „Jetzt kommen nur noch ein paar Sümpfe.“

Unter ihnen dampfte die Erde, Löcher mit zäher Flüssigkeit brodelten wie Töpfe voller Suppe vor sich hin. Schmieriger Dunst stieg bis zu den Käfern und ihren Reitern empor.

„Igitt, hier müffelt es ganz übel!“ Pippa war auf ihrem

Käfer herangesaust. „Nach zerlaufenem Käse oder alten Socken. Oder verschimmeltem Obst. Pfui Grottenolm!“

„Ich finde, es riecht nach allen drei Sachen auf einmal.“ Ben würgte. „Fiese Gegend!“

„Haltet euch die Nasen zu, wir haben es bald geschafft. Ich kann schon die Knatterbrücke sehen“, rief Mo. „Und das Donnerknattertal.“

Das Donnerknattertal!

Ein Schauer lief über Beckys Rücken. Was sie wohl hier erwarten würde? Ob sie das Rumpelstilzchen und die Giftzwerge finden würden? Ob sie es schaffen könnten, ihnen Malinas Buch zu entreißen? Oder würden sie vielleicht gar nicht so weit kommen, weil die Knattergeister sich ihnen in den Weg stellen würden?

Becky dachte an ihre Mama. Wie sie ihr manchmal abends, wenn Becky Angst vor dem Einschlafen hatte, die Hand gehalten und ihr über den Rücken gestreichelt hatte. Dann hatte sie Becky erklärt, dass sie ein mutiges Mädchen sei und sich vor nichts und niemandem fürchten müsse. Solange sie sich fair und freundlich verhalten würde und gute Freunde an ihrer Seite hätte, würde das Leben ein großes, wunderbares Abenteuer werden.

Mit einem Mal hatte Becky das Gefühl, dass sie die ermutigende Hand ihrer Mutter auf ihrem Rücken spüren konnte. Es war beinahe magisch.

Becky straffte die Schultern und hob den Kopf. „Auf ins Donnerknattertal!"

Die Vielflügelkäfer legten die inneren Flügel so über ihre Fluggäste, dass diese ganz eingehüllt waren. Sogar Gordon ließ sich auf diese Weise von einem Insekt tragen, um mit seinem Schlüsselbund nicht aufzufallen.

Im Sturzflug wirbelten die Vielflügelkäfer von der Knatterbrücke ins Tal. Schneller und schneller.

Der Anflug gelang ihnen völlig unbeobachtet, sanft setzten die Käfer am Boden der kargen Schlucht auf und ließen die Fluggäste von ihren Rücken gleiten. Watson lief sofort los, um Feinde zu erschnuppern. In der Hoffnung, ein paar Nüsse zu finden, grub Lotti in der Erde.

Dick wie Pudding hing der Nebel im Tal. Dunkelgraue Bäume mit schwarzen Blättern wirkten wie hässliche Fratzen in dem fahlen Licht. Ihre Äste sahen aus wie Finger, die nach den Besuchern greifen wollten.

Ignaz hob prüfend den Zauberstab. „Ich spüre noch keine dunkle Magie, die Luft ist rein."

Flattergeist Gordon wirbelte aufmerksam durch den Nebel, immer auf der Suche nach Knattergeistern.

Doch es gab keine.

Dafür erspähte Ben zwischen den Bäumen ein helles, silbrig schimmerndes Gewächs mit merkwürdig geformten Ästen. Kurz und ziemlich gerade waren sie, manche mit Schnitzereien, manche gedrechselt oder gewunden.

„Was ist das für ein Baum?", fragte er in die Runde.

Becky zuckte mit den Schultern, auch Hugo, Mo und Pippa wussten keine Antwort.

„Es ist ein ganz wunderherrlicher Baum", flötete Gordon. Er umrundete das schimmernde Gewächs.

Ignaz schmunzelte. „Was seid ihr doch für Glückskinder! Hatte ich euch nicht schon vorhergesagt, dass wir sie auf unserer Reise finden?“

„Was finden wir?“, hakte Hugo nach.

„Zauberstäbe!“ Ignaz zeigte auf die Äste. „An diesem Baum gibt es jede Art von Zauberstäben. Magische Utensilien für kleine und große Zauberlehrlinge, für zurückhaltende und aufgeweckte. Gern dürft ihr euch einen Zauberstab vom Baum pflücken. Beeilt euch, bevor wir den Knattergeistern über den Weg laufen.“

„Ich passe in der Zeit auf, damit wir nicht überfallen werden.“ Gordon flog wieder los.

„Aber wie?“ Pippa sah nach oben. „Die Stäbe hängen viel zu hoch, da kommen wir nicht dran. Und hochklettern geht nicht, weil der Baum unten kahl ist."

„Schließt die Augen und überlegt euch genau, wie euer Zauberstab aussehen soll. Wenn ihr das Bild im Kopf habt, dann haltet es fest und merkt es euch gut. Schreitet mit eurer Vision um den Baum und nehmt genau diesen Stab in den Blick. Stellt euch darunter und streckt eine Hand aus. Der Zauberstab wird sich umgehend vom Baum lösen und zu euch fliegen."

„Krass!" Ben schloss die Augen.

Hugo betrachtete den Baum noch eine Weile, dann kam auch er der Aufforderung von Ignaz nach, ebenso Becky und Pippa.

„Ich habe noch nie etwas so deutlich vor Augen gehabt wie diesen Zauberstab, den ich jetzt suche", meinte Ben.

„Geht mir genauso." Hugo lief langsam, den Blick in die Höhe gerichtet, um den Baum. „Da oben sehe ich ihn!"

Kaum stand er eine Weile ruhig unter dem Ast, an dem er sein magisches Utensil erspäht hatte, löste sich der Zauberstab tatsächlich vom Baum und schwebte in Hugos ausgestreckte Hand.

Auch Becky, Ben und Pippa schnappten sich bald ihr magisches Utensil, das bei jedem komplett anders aussah.

Hugo wandte sich an Mo. „Willst du keinen Zauberstab?"

„Bei Aladins Wunderlampe, ich habe bereits meinen fliegenden Teppich. Mehr Zauber ist nicht gestattet", erklärte Mo.

Gegenseitig bestaunten die Mädchen und Jungen ihre Zauberstäbe. Beckys war hellbraun mit geschnitzten Sternen. Hugos war schwarz und hatte zahlreiche Einkerbungen, der Stab von Ben leuchtete beinahe bläulich. Pippas Zauberutensil war lang und dünn und ging von einem Dunkelbraun in ein Gelb an der Spitze über.

„Es ist vollbracht! Jetzt kann euch nichts mehr passieren. Ihr seid bestens gewappnet, um meine Zauberlehrlinge zu werden! Steigt wieder auf eure Käfer, wir fliegen weiter", rief Ignaz ausgelassen.

9. Kapitel

Groß-schein und klein-sein

Mit seiner Aussage, dass nun nichts mehr passieren könne, lag Ignaz völlig falsch.

Kaum hockten alle wieder auf ihren Reittieren, gut verborgen von den Flügeln, passierte es: Ein ohrenbetäubender Lärm brach los. Es polterte, knallte und knatterte, es krachte und zischte. Der Boden des Tals knirschte und die zerklüfteten Felsen, die sich am Grund der Schlucht befanden, brachen mit mächtigem Knacken auseinander.

Was Sekundenbruchteile vorher noch lebloser Stein war, schwebte auf einmal als nebelgraue, dunkel drohende Wesen mit riesigen weißen Mäulern und feuerglänzenden Augen auf den Käfertrupp zu. Irritiert schlugen die Insekten so heftig mit den Flügeln, dass diese ihren Reitern keinen Schutz mehr boten. Becky, Hugo, Ben, Pippa, Ignaz und Gordon waren nun deutlich zu sehen.

Für Hugo und Becky kam es sogar noch schlimmer. Ihre Käfer hatten sich schon in die Luft erhoben, stoppten beim Anblick der Knattergeister jedoch so abrupt im Flug, dass die beiden Kinder einen Satz über den Kopf ihres Käfers machten und auf den Boden purzelten.

Glücklicherweise landeten sie auf Moos.

Watson konnte gerade noch abspringen, Lotti krabbelte ein bisschen benommen aus Beckys Pullovertasche.

„Becky! Hugo! Watson und Lotti", rief Ignaz entsetzt. „Habt ihr euch verletzt?"

Mit seinem Schrei lockte Ignaz die Aufmerksamkeit der Knattergeister für einen Moment auf sich. Wie eine dunkle Wand rasten die schaurigen Wesen nun auf den Käfer des Zauberers und auf die von Ben, Pippa und Gordon zu. Die Geräusche, die sie dabei von sich gaben, waren schaurig. Monsterhaft. Angsteinflößend!

Die Käfer waren so überrascht, dass sie sich von den Geistern ohne Gegenwehr in eine Höhle treiben ließen. Als Ignaz seinen Zauberstab hob, um die Knattergeister zu vertreiben, schlug ihm ein Gespenst sein magisches Utensil aus der Hand. Auch Gordon war sehr überrascht und konnte den Knattergeistern nichts entgegensetzen.

Becky und Hugo gelang es in der Zwischenzeit, sich mit ihren Haustieren notdürftig hinter einem dornigen Busch zu verstecken.

„Alles in Ordnung, Ignaz!", rief Hugo von dort. „Uns ist nichts passiert."

„Pssst!“ Becky legte den Finger an die Lippen. „Du lockst die Geister an.“

Die Knattergeister schienen tatsächlich gute Ohren zu haben. Ein paar von ihnen blieben in der Höhle zurück, um die Gefangenen zu bewachen, einige andere schwebten auf Becky und Hugo zu. Zu Beckys Entsetzen wechselten sie dabei ihre Gestalt! Es waren nun nicht mehr Geister, sondern Spinnen mit langen behaarten Beinen, die sich den beiden Kindern näherten. Sie wuchsen und wuchsen, während sie auf Becky und Hugo zukrochen.

Watson bellte wie verrückt, doch davon ließen sich die Krabbeltiere nicht beeindrucken.

Becky schluckte. „Hugo?“ Sie fasste den Jungen am Arm. „Es ist, als würden die Knattergeister meine größte Angst kennen. Ich fürchte mich so vor Spinnen ... ich ... ich wüsste zwar einen Zauberspruch gegen die Viecher, aber ich kann mich vor lauter Panik nicht konzentrieren. Und ich habe doch noch nie den Zauberstab benutzt.“

„Keine Sorge, Becky, du schaffst das! Glaub an dich.“ Hugo fasste seine Freundin so am Arm, dass ihr magischer Stab direkt auf die Spinnen gerichtet war. Und obwohl Becky vor Angst schlotterte, ihre Beine und Arme puddingweich waren und Lotti in ihrer Tasche vor Furcht quiekte, konzentrierte sich das Mädchen und murmelte:

„Riesig großes Spinnenbein.
Achtung jetzt – es muss sein!
Geist-sein,
Groß-schein!"

Ein Donnerknall hallte durch das Tal, Blitze leuchteten auf und die riesigen Spinnen zuckten zusammen, als würde die Luft aus einem Ballon gelassen. Übrig blieben die Knattergeister. Allerdings waren auch sie nicht mehr so riesig, sondern gerade noch so groß wie Gordon Pozwack.

Watson riss sich von Hugo los, raste auf die Geister zu und bellte so wild, dass diese erschrocken in die Luft stoben. Becky und Hugo verließen ihr Versteck und liefen zur Höhle, wo sich Ben und Pippa, Gordon und Ignaz bereits erfolgreich gegen die verkleinerten Knattergeister zur Wehr gesetzt hatten.

Schließlich standen sich alle in der Schlucht gegenüber – die Knattergeister auf der einen, Ignaz, Gordon, Becky und ihre Freunde mit den gezückten Zauberstäben auf der anderen Seite. Die Knattergeister wisperten.

Diesen Moment nutzte Ignaz und zupfte an Beckys Pullover. „Becky Librum, du schlaues Mädchen. Du hast dir meinen Zauberspruch gemerkt und ihn angewendet, als du dein magisches Utensil in der Hand gespürt hast. Du bist wahrhaftig eine gelehrige Schülerin. Ich bin so stolz auf dich. Besser hätte ich es nicht machen können."

„Eher schlechter, möglicherweise", feixte Ben.

„Die Knattergeister sind also in Wirklichkeit gar nicht so groß und gewaltig?", wollte Hugo von Ignaz wissen.

Der Zauberer schüttelte den Kopf. „Sie haben den Groß-schein-klein-sein-Zauber angewendet. Becky wollte nur die Spinnen in Geister zurückverwandeln, hat ihnen aber ihre eigentliche Größe verpasst. Herrlich!"

Da meldete sich ein hellgrauer Geist zu Wort:

„Schweigt! Was wollt ihr im Donnerknattertal?"

„Wir sind auf der Suche nach einem besonderen Buch", gab Hugo zurück. „Wir wollen zum Schwarzen Wald."

„Auf keinen Fall, das erlauben wir nicht!"

„Wie wäre es mit einer Wette, einem kleinen gespensterlichen Wettstreit?“, schlug Gordon vor. „Ihr bestimmt einen Knattergeist, der gegen mich antreten wird. Wir messen uns im schauerlichen Spuken, im Farbwechsel und im entsetzlerischen Leuchten der Augen.“

Die Knattergeister johlten vergnügt.

„Du bist so ein kleines Gespenst“, zischte ein Knattergeist in Richtung Gordon, „da können wir jeden nehmen. Sogar den winzigsten von uns. Alle sind besser als du. Aber …“, er machte eine lange Pause, „ich werde die Aufgabe selbst übernehmen. Wenn du gewinnst, habt ihr freien Zugang zum Donnerknattertal und dem Schwarzen Wald. Gewinne ich, dann schicken wir euch als Dienstboten zum Schloss auf dem Berg. Das würde den großen Meister dort zumindest eine Weile beruhigen. Dann würde er uns in Ruhe lassen mit seinen … Befehlen.“

Er deutete in die Ferne, auf ein düsteres Schloss, von dessen Turm in diesem Moment eine riesige lodernde Flamme in die Höhe schoss.

Pippas Augen weiteten sich. „Das habe ich doch schon auf der Karte der magischen Welt gesehen. Ist das ... wohnt da ... ein Drache?"

Sie sah die Knattergeister nachdenklich an. Die gaben allerdings keine Antwort. Becky konnte ihnen ansehen, dass sie sich vor dem großen Meister fürchteten. Zu gern hätte sie gewusst, um welche Art von Wesen es sich handelte, aber die Knattergeister schwiegen beharrlich.

„Was ist jetzt, kleines Gespenst?", fragte der Geist Gordon nach einer Weile.

„Schaffst du das, Gordon?", wisperte Pippa dem Flattergeist zu. „Du siehst gar nicht wild und gefährlich aus."

Gordon vollführte einen kleinen Salto. „Lasst euch überraschen. Das wird wunderherrlich!"

Etwas skeptisch bildeten Becky samt Lotti in der Tasche, Hugo mit Watson, Ben, Pippa und Ignaz einen Halbkreis um Gordon und den Knattergeist. Die übrigen Gespenster schlossen den Kreis auf ihrer Seite.

„Ich fange an!“ Der Knattergeist jaulte so schaurig, dass sich eine Gänsehaut auf den Armen der Mädchen und Jungen bildete. Von den schrillen Tönen begannen die schwarzen Blätter an den Bäumen zu beben, die Äste senkten und hoben sich wie dürre Finger. Als der Knattergeist fertig war, kreischten seine Kumpels siegessicher.

Aber sie hatten nicht mit Gordon Pozwack gerechnet!

Kaum hatten sich die Knattergeister beruhigt, hallte Gordons fieser, ätzender und lauter Schrei durch das Tal. Die düsteren Gespenster versteckten sich vor Angst hinter Becky und ihren Freunden. Dieser Punkt ging eindeutig an Gordon!

„Na warte“, knurrte der Knattergeist. „Die zweite Aufgabe beginnt.“

Wieder stieß er ein schauriges Jaulen aus, während er seine Körperfarbe in Windeseile von einem hellen Grau zu einem tiefen Schwarz, einem matschigen Dunkelgrau, Weiß und einem durchscheinenden Ton wechselte.

„Schauerlich!“, spottete Gordon und legte ebenfalls los. Schreigelb und matschbraun, quietschiges Pink und moorastiges Grünbraun, knalliges Rosa und grelles Rot –

die Farbpalette, die der Flattergeist anbot, war überwältigend. Das mussten selbst die Knattergeister neidlos zugestehen, denn sie jubelten Gordon zu.

„Nicht schlecht", stellte auch der Knattergeist fest. „Damit habt ihr schon gewonnen. Trotzdem würde ich gern noch meine Kunst des Augenleuchtens vorstellen."

In dieser Disziplin war der Knattergeist unschlagbar. Seine dunklen Augen leuchteten nicht nur flammrot auf, sondern winzige bläuliche Zungen loderten aus ihnen und gelbe Blitze schossen heraus. Es war atemberaubend.

„Bravo!" Gordon flog einen dreifachen Salto. „Das ist außergewöhnlerisch gut. Viel besser, als ich es je könnte. Was meinst du, kannst du mir das beibringen?"

„Aber klar." Der Knattergeist legte versöhnlich den Arm um Gordon. „Wenn du mir den anderen Kram beibringst."

Gordon kicherte. „Den Farbwechsel wirst du leider nicht hinkriegen, mein Freund. Düstere Knattergeister können nur in trüben Farben leuchten. Uns Flattergeistern, die von Natur aus weißlerisch sind, steht die gesamte Farbpalette zur Verfügung. Und ich bin seit 698 Jahren der beste Farbwechsler in der magischen Welt." Er kicherte. „Den

Trick mit dem gespenstlerischen Jaulen kann ich dir aber gern verraten. Auf dem Weg zum Schwarzen Wald?“

Und so kam es, dass sich kurz darauf der Trupp der Vielflügelkäfer gemeinsam mit den Knattergeistern zum Schwarzen Wald aufmachte. Gordon flog plaudernd neben dem Knattergeist her, den er besiegt hatte. Becky, Hugo, Ben, Mo und Pippa war nicht nach fröhlichen Gesprächen zumute. Je näher sie dem Schwarzen Wald auf ihren Reittieren kamen, desto schneller klopften ihre Herzen.

Pechschwarz hing die Nacht über den dunklen Tannen, obwohl es eigentlich noch taghell hätte sein müssen.

Lediglich die rot glänzenden Augen von Gordon und den Knattergeistern sowie die schimmernden Leiber der Vielflügelkäfer sorgten für etwas Licht.

„Hier ist es noch gruseliger als im Donnerknattertal." Pippa blieb stocksteif auf ihrem Käfer sitzen.

Becky nickte. „Eine düstere Gegend."

„Das muss die Feuerstelle vom Rumpelstilzchen sein." Hugo sprang von seinem Insekt, kniete sich auf den Boden und stocherte mit einem Ast in der Asche. „Völlig kalt und sicher seit Tagen nicht mehr benutzt."

„Und keine Spur von den Giftzwergen", stellte Ben fest.

„Potzblitz, man sieht ja die Hand vor Augen kaum." Ignaz hob den Zauberstab.

„Dunkelheit lässt nicht verzagen,
werde den Leuchtzauber nun wagen.
Kerzen, Lampions, Feuer, Licht
scheinen hell in ... äh ... auf ... äh mein ... äh ..."

Die vielen Blicke, die auf ihn gerichtet waren, verunsicherten Ignaz so sehr, dass ihm das richtige Wort fehlte. Doch Becky war sofort zur Stelle. Ohne Zögern kombinierte sie die Wörter, die Ignaz noch gefehlt hatten:

„Dunkelheit lässt nicht verzagen,
werde den Leuchtzauber nun wagen.
Kerzen, Lampions, Feuer, Licht
scheinen hell in mein Gesicht."

Sie wedelte mit ihrem Zauberstab.

Im gleichen Moment schwebten milchweiße Lampions durch die Luft, blieben an den Ästen der Bäume hängen und die verkokelten Holzstücke in der Feuerstelle begannen hell zu lodern.

Im Schein der Flammen bemerkten auf einmal alle die kleine schmale Gestalt mit dem Hut aus Reisig, die sich aus dem Dunkel des Waldes gelöst hatte.

„Rumpelstilzchen ist nicht da. Die Giftzwerge auch nicht. Sind unterwegs. Schon längst", erklärte das Wesen.

Watson bellte, aber das Kerlchen schien keine Furcht zu haben.

„Wer bist du denn?", wollte Hugo wissen.

„Waldmucki bin ich", gab das Wesen zurück. „Tannilo mein Name ist. Seid ihr die Bücherretter? Meine Verwandten mir haben erzählt."

„Waldmuckis sind die Verwandten der Muckis auf der Tintlingswiese“, erklärte Mo. „Auch sie leben unter großen Pilzen, allerdings im Schatten von Nadelwäldern.“

„Es ist genau so.“ Tannilo nickte.

„Weißt du denn, wohin das Rumpelstilzchen und die Giftzwerge aufgebrochen sind?“, fragte Becky.

„Belauscht habe ich sie. Geritten auf Einhörnern zum Klopsberg sind sie. Die Magier und Hexen unterwerfen wollen sie. Mit dunkler Magie.“

„Beim Barte des Propheten, die sind längst über alle Berge“, ärgerte sich Mo. „Wir haben den Weg hierher umsonst bestritten.“

Ignaz schüttelte den Kopf. „Nie ist etwas umsonst. Ihr habt eure Zauberstäbe gefunden und wir haben Frieden mit den Knattergeistern geschlossen. Das ist sehr viel!“ Er kratzte sich unter seinem Zauberhut. „Zum Klopsberg also. Da müssen wir uns aber sputen. Unterwegs werde ich euch Zaubersprüche beibringen, die nützlich sein könnten.“ Ignaz deutete zum Himmel, an dem schwach ein Vollmond zu erkennen war. „Heute ist die Nacht der Nächte. Da

tanzen alle Hexen und Magier am Klopsberg, messen ihre Zauberkünste und überlegen sich ein Jahresprogramm: Welche Zauber sie ausüben und wen sie erschrecken wollen, wo sie behilflich sein könnten und wer den Vorsitz der Magier und Hexen übernehmen soll. Wenn das Rumpelstilzchen zum Vorsitzenden gewählt werden sollte und damit seine dunkle Magie durchsetzt, ist es um die magische Welt geschehen!"

„Dann los", sagte Mo. „Steigt auf die Käfer, den Weg zum Klopsberg kenne ich."

Im Verborgenen …

Jetzt auch noch zum Klopsberg!" Genoveva suchte an Ferdinands Schulter Halt. „Unseren Mädchen und Jungen bleibt aber auch nichts erspart."

„Es öst ein Elend", stimmte Ferdinand ihr zu.

„Hilft ja nichts, beim dicken Hering." Pepper putzte sich die Pfoten. „Gordon hat seine Sache gut gemacht, auch Ignaz ist eine Hilfe. Und Becky, Hugo, Ben und Pippa schlagen sich tapfer. Ich bin stolz auf unsere Bücherretter."

„Wie gekonnt Becky den Zauberstab einsetzt", freute sich Glimmeria. „Das wird ihr auf dem Klopsberg sicher helfen. Ich bin gespannt, ob die anderen drei auch noch zaubern werden."

„Ich war noch nie auf dem Klopsberg", meldete sich Lady Greenie. „Wie muss ich mir das vorstellen?"

Pepper maunzte. „Der Klopsberg ist das Zentrum aller Magier und Hexen in der magischen Welt. Hier wird einmal im Jahr der Vorstand gewählt, der über die Magie bestimmt, die angewendet werden darf."

„Oje!" Lady Botterbloms Blätterkleid zitterte. „Wenn also das Rumpelstilzchen die Hexen und Magier auf seine Seite bringt, könnte es auch dunkle Magie sein?"

„Theoretisch ja", gab Pepper zurück. „Aber das wollen wir nicht hoffen ..."

„Auf keinen Fall", schepperte Ferdinand. „Unsere Bücherretter, Gordon und Ignaz müssen es verhöndern."

Genoveva, Glimmeria, Pepper, Ferdinand und die drei Buxies blickten wieder in die Kristallkugel. Ganz wohl war ihnen beim Gedanken an das Treffen auf dem Klopsberg nicht. Alle hatten Sorge vor dem, was in der magischen Welt passieren könnte. Aber das behielt jeder für sich. Keiner von ihnen wollte die anderen beunruhigen.

10. Kapitel

Feuerstellen und Hexentanz

Schwarze Wolken verfinsterten den Himmel, Schwefelgeruch lag in der Luft, als Becky und ihre Freunde sich dem Klopsberg näherten. Am Horizont flammte ein mächtiges Wetterleuchten auf.

Ignaz ließ die Käfer auf einem Felsvorsprung in der Nähe landen, damit sie die Lage überblicken konnten. Von hier oben konnte man die Gegend erfassen. Unter ihnen lag der Klopsberg, der nicht felsig und spitz, sondern ein platt gedrückter Hügel aus Kalksteinrotlehm, einer leuchtend roten Erde, war.

„Sieht wirklich ein bisschen nach Fleischklops aus“, flüsterte Hugo Becky zu.

„Zum Anbeißen“, witzelte Pippa.

Es war beeindruckend: Etliche Feuer loderten rund um den Berg, den Scharen von tintenschwarzen Raben umkreisten. Hunderte Hexen und Zauberer schwebten mit allen möglichen Flugutensilien und unter heiserem Jaulen und Grölen über die Flammen hinweg. Berghexen, Wald- und Kräuterhexen, Sumpfzauberer, Knusperweiblein, Nebel- und Wettermagier. Sie entdeckten Hexen auf Besen und Regenschirmen, auf Schwänen, dicken Käfern und

Geiern. Zauberer, die auf Ästen, sich windenden Schlangen oder Flugechsen flogen. Eine besonders große Magierin ritt auf einem dürren Drachen, der so alt und knochig war, dass er seine Reiterin kaum tragen konnte.

„Mit unseren Vielflügelkäfern als Reittieren fallen wir hier glücklicherweise nicht auf. Ich sollte euch allerdings noch ausstatten, damit ihr euch auch optisch nicht allzu sehr unterscheidet. Dieser Ort ist für Kinder, die nicht aus Zaubererfamilien stammen, nämlich eigentlich streng verboten", überlegte Ignaz und hob den Zauberstab.

„Stopp!" Pippa musterte ihn. „Wenn du dich nicht konzentrierst und in dieser heiklen Situation Quatsch zauberst, bekommst du es mit mir zu tun. Denk gut nach!"

Wohlüberlegt und sehr deutlich sprach Ignaz seinen Zauber:

„Hokuspokus Hexenhut,
steht den beiden Mädchen gut.
Für die Jungs die Zauberhaube,
Donner, Blitz und weiße Taube!"

Mit wildem Flügelschlag erhob sich tatsächlich eine weiße Taube in die Höhe, während sich wie von Geisterhand die passenden Kopfbedeckungen auf die Häupter von Becky, Hugo, Ben, Mo und Pippa drückten.

„Die Taube habe ich gesehen, aber wo waren der Blitz und der Donner?", maulte Pippa.

Ignaz lächelte. „Die habe ich in meinen Gedanken so leise gezaubert, dass man sie nicht hören konnte. Vor allem nicht die Magier im Tal. Oder hätte ich sie auf uns aufmerksam machen sollen, Pippa?"

„Ihr seht gut aus." Gordon schwebte um die Mädchen und Jungen herum. „Wie echte Hexen und Magier. Sehr einschüchterlich."

„So soll es sein." Ignaz deutete zum Klopsberg. „Wenn mich nicht alles täuscht, beginnt gerade die Versammlung." Er zog eine dicke Brille aus der Tasche, die sich zum Fernrohr vergrößerte, sobald er sie sich auf die Nase setzte. „Pest und Cholera, da unten springt das Rumpelstilzchen um eine Feuerstelle. Es hat Malinas Buch in der Hand und hält gerade eine Ansprache an die versammelten magischen Wesen! Die Zeit drängt. Folgt mir!"

Eilig kletterten alle auf ihre Vielflügelkäfer. Diesmal durften die Insekten die Flügel zum Fliegen benutzen, sie mussten niemanden mehr verstecken. Jetzt waren Becky, Hugo, Ben, Mo und Pippa ganz einfach nur Hexen und Magier unter Hunderten von anderen Zauberwesen.

Als sie zur Feuerstelle kamen, um die das Rumpelstilzchen unter dem tosenden Beifall zahlreicher Hexen, Magier und der Giftzwerge sprang, konnten sie gerade noch dessen letzte Worte hören:

„... und deshalb, liebe Freunde, seid gewiss: Ich halte das wichtigste Zauberbuch der magischen Welt in meiner Hand. Also bin ich auch befugt und berechtigt, es zu nutzen. Und das werde ich. Mit meinen Giftzwergen werde ich die unfähige Königin Pomeranza vom Thron stürzen und selbst die Herrschaft übernehmen. Und ihr schließt euch mir am besten an! Ach wie gut, dass jeder weiß, dass ich Rumpelstilzchen heiß!"

„Und wie gut, dass jeder hier weiß, dass ich Ignaz Plauz heiß. Obermagier und Beherrscher der dunklen Magie!"

Ignaz jagte seinen Käfer mitten hinein in die Versammlung. Becky, Hugo, Ben und Pippa folgten. Gordon und Mo dagegen hielten sich lieber im Hintergrund, falls etwas schiefgehen sollte.

„Hört nicht auf diesen Scharlatan!", brüllte Ignaz Plauz. „Er ist kein Magier, er ist nur eine Märchenfigur, ein Nichtskönner. Glaubt ihm kein Wort!"

„Ach, und warum sollten wir nicht, Ignaz?", fragte eine lange, knochendürre Hexe. Ihr Kopf war komplett kahl, nur ein einziges langes, dünnes Haar ragte in die Höhe.

„Du bist doch nur neidisch, Plauz", feixte ein Magier, dessen Gesicht schrumpelig und voller Warzen war.

„Es herrscht Frieden in der magischen Welt. Endlich." Ignaz stieg von seinem Reittier ab und schritt würdevoll um die Feuerstelle herum. „Königin Pomeranza herrscht wohlwollend und gerecht, an ihrer Seite steht ihr Cousin Prinz Alvar aus dem Nordland. Es geht uns doch allen gut, oder nicht? Die magische Welt ist genau so, wie sie sein soll. Warum sollten wir diesen Frieden gefährden, nur weil ein dahergelaufener Schuft alle Macht an sich reißen will?" Ignaz reckte die Arme in die Luft. „Der Wunsch, sich geheime Macht zu verschaffen, Macht über Menschen und Tiere, über alle magischen Wesen, ist falsch. Meine Freunde, wir müssen das Rumpelstilzchen und die Giftzwerge in ihre Schranken weisen!"

„Bumpelpilzchen hat Malinas Buch der dunklen Magie", säuselte eine zaundürre Hexe. „Sie hat es ihm feierlich übergeben, weil er so begabt ist, hat er uns gesagt."

„Der heißt Rumpelstilzchen", rief Pippa. „Und er lügt!"

Die Hexe sah Pippa an. „Bumpelpilzchen, Schrumpelilschen oder Rumpelstilzchen. Ist doch wumpe. Tatsache ist, dass er das Buch hat."

„Und wer das Buch hat", rief ein Zauberer mit stechendem Blick, „wer das Buch hat, hat die Macht."

„Na, das wollen wir doch mal sehen." Ignaz stellte sich neben Becky, Hugo, Ben und Pippa, die ebenfalls von den Reittieren abgestiegen waren, und verschränkte die Hände vor der Brust. „Wir fordern dich zu einem Duell heraus, Rumpelstilzchen. Wer gewinnt, bekommt das Buch und die Macht."

„Hört, hört", schallte es nun von allen Seiten und die Magier riefen wild durcheinander.

„Ein Duell, wie wunderbar."

„Weg da, ich will den besten Platz haben!"

„Bildet einen Kreis, damit alle etwas sehen können."

„Endlich ist hier mal was los!"

„Meinetwegen. Warum sollte ich mich vor einem Duell drücken? Allerdings ..." Das Rumpelstilzchen lächelte listig. „Du hast gesagt, dass *ihr* mich herausfordert. Das ist nicht fair, so viele gegen einen. Und deshalb darfst du nicht mitmachen, Ignaz Plauz. Und du weißt: Einmischen gilt nicht, ist gegen alle Regeln."

Ignaz biss sich verärgert auf die Unterlippe. Das Rumpelstilzchen hatte recht, so waren die magischen Regeln.

„Ich wähle diese vier Nachwuchszauberer als Gegner."

Das Rumpelstilzchen deutete nacheinander auf Becky, Hugo, Ben und schließlich auf Pippa.

„Gute Wahl!" Der Magier mit den vielen Warzen lachte. „Das sind lauter Anfänger, wenn ihr mich fragt."

„Schlumpelmilzchen gegen Kinder." Die zaundürre Hexe kreischte vor Vergnügen. „Das wird ein Heidenspaß!"

„Ist doch jetzt schon klar, wer gewinnt", brummte die Magierin auf dem Drachen enttäuscht.

„Abwarten." Ignaz nickte den Mädchen und Jungen zu.

Das Rumpelstilzchen schüttelte Malinas Buch so kräftig, bis es einen kräftigen Zauberstab ausspuckte. Dann stellte es sich mit Malinas Buch in einiger Entfernung Becky, Hugo, Ben und Pippa gegenüber. Die Besucher des Klopsberges wichen zurück und hielten den Atem an.

„Schnell, wir brauchen einen Schlachtplan", flüsterte Becky ihren Freunden zu.

Eilig steckten die Mädchen und Jungen die Köpfe zusammen. „Ihr habt jetzt schon einige Zaubersprüche von Ignaz und mir gehört", wisperte Becky. „Sprecht einfach einen aus, wenn ihr das Gefühl habt, dass er irgendwie passt. Bloß keine Scheu! Die Zauberstäbe könnt ihr von rechts nach links oder oben nach

unten schwingen, ganz egal. Sie reagieren auf eure Bewegung und eure Kraft. Nur Mut! Ihr schafft das!“

„Wir schaffen das gemeinsam“, raunte Hugo.

Dann klatschten sich die Kinder ab. Sie waren bereit.

Nun begann ein Duell, das die Welt noch nie gesehen hatte und das die Hexen und Magier, ihre Geier, Käfer, Drachen und Schlangen zum Toben und Kreischen brachte.

Zunächst zauberte das Rumpelstilzchen den Drachen der kräftigen Magierin unter deren Po weg, sodass sie auf den Boden knallte, ließ den Drachen wachsen und eine mächtige Feuersäule auf die vier Kinder spucken. Nach kurzem Beratschlagen entschieden sich die Kinder dafür, Hugo den ersten Zauber ausführen zu lassen. Er konterte mit dem Groß-schein-klein-sein-Zauber, den sie von Ignaz kannten. Als das Rumpelstilzchen eine Schlange größer werden ließ, ebenso wie einen angriffslustigen Geier, schlossen sich Pippa und Ben mit demselben Zauber an. Mit vereinten Kräften schafften die Kinder es, die Schlange und den Geier wieder auf ihre normale Größe schrumpfen zu lassen.

Hugo stülpte einem vom Rumpelstilzchen gezauberten Riesen mit dem Zauberspruch von Ignaz einen Hut so über, dass der Kerl nichts mehr sehen konnte, in ein Feuer tappte und davonlief. Dicht gefolgt von Watson.

Während der Hund dem Riesen hinterherjagte, um ihn endgültig zu vergraulen, holte das Rumpelstilzchen zum größten Schlag aus. Mit einem einzigen Zauber löschte es jedes Licht in der Gegend. Die Feuer hörten schlagartig auf zu brennen, die Käferkörper schimmerten nicht mehr. Es war auf einmal stockfinster. In dieser Schwärze, in der man seine eigene Hand nicht mehr sehen konnte, hörten alle das Rumpelstilzchen flüstern:

„Ihr Mädchen und Jungen gehört nun mir.
Aus Kindern wird ein Vierkopftier.
Dämonenkräfte, blutige Säfte,
lähmt meine Beute und seid ...“

„Becky! Becky, komm“, vernahm das Mädchen in diesem Moment das Wispern ihres Streifenhörnchens. „Ich kann auch im Dunkeln sehen. Folge mir. Direkt zum Rumpelstilzchen. Und dann sprich den Zauber. Den Lichtzauber von Ignaz. Mach schon, beeil dich."

Wie durch einen Schleier vernahm Becky die Worte des Rumpelstilzchens. Ihre Beine und Arme fühlten sich bereits bleischwer an und sie gehorchten ihr kaum noch, als würde der dunkle Zauber bereits zu wirken beginnen. Doch Lotti zupfte mit aller Kraft an ihrer Hose, schob, drängte, drückte sie in eine bestimmte Richtung. Dann sprang sie mit einem Satz auf Beckys Rücken und zerrte an deren Arm, bis er ausgestreckt war und den Zauberstab umklammerte.

„Jetzt, Becky, mach schon!"

Becky bemühte sich, ihrer Stimme Festigkeit zu verleihen und sich an Ignaz' Lichtzauber zu erinnern. Es kostete sie viel Kraft und sie rief, so laut sie konnte:

„Dunkelheit lässt nicht verzagen,
werde den Leuchtzauber nun wagen.
Kerzen, Lampions, Feuer, Licht
scheinen hell in mein Gesicht."

Im selben Augenblick wurde der Klopsberg mit all seinen Besuchern von Hunderten Lampions, Kerzen und den erneut aufflackernden Feuern erhellt. Und dann ging alles blitzschnell: Noch bevor das Rumpelstilzchen so recht verstand, was passiert war, und seinen Zauberspruch beenden konnte, sprang Lotti unerwartet auf den Zauberstab des grimmigen Kerlchens, sodass er zu Boden fiel. Lotti packte sich den Stab und flitzte davon. Gleichzeitig schlug Becky dem verdutzten Rumpelstilzchen das Zauberbuch aus der Hand, nahm es vom Boden und sauste damit zu ihren Freunden. Die Helligkeit hatte Beckys Erschöpfung und das lähmende Gefühl, das der dunkle Zauber ausgelöst hatte, beendet.

Mit offenem Mund, völlig überrascht, stand das Rumpelstilzchen nun ohne magische Hilfen da und war den Kindern ausgeliefert.

„Wo ist mein Zauberstab? Und das Buch mit der dunklen Magie? Was habt ihr getan? Oje, oje! Das darf nicht sein. Gebt es mir zurück!", kreischte das Rumpelstilzchen zornig und ballte die Hände zu Fäusten.

Zunächst herrschte Stille, dann brandete Jubel unter

den Hexen und Magiern auf, der wahrscheinlich bis zu Pomeranzas Schloss zu hören war.

„Das Mädchen hat das Rumpelstilzchen besiegt“, jubelte eine kleine Hexe.

„Sie hat das Zauberbuch … und somit die Macht“, rief Ignaz überglücklich.

Er bannte das Rumpelstilzchen und seine Giftzwerge, die fliehen wollten, mit einem Unbeweglichkeitszauber. Und während Hugo und Ben, Mo, Pippa und Gordon erst Becky und dann sich gegenseitig umarmten, stöhnte Ignaz erleichtert auf.

„Wir haben das Duell gewonnen! Die magische Welt ist gerettet.“

Im Verborgenen …

„Schtellt euch vor, wir wären in ein merkwürdigesch vierköpfigesch Tier vertschaubert worden!“, nuschelte Pippa mit vollem Mund.

Gierig bediente sie sich an der silbernen Platte, die Genoveva ihr reichte, und stopfte sich ein neues Stück Marmorkuchen in den Mund. Hugo war nach ihrer Rückkehr aus der magischen Welt als Erstes in die Küche von Schloss Rosenbolt gelaufen. Glücklicherweise waren seine Mutter und Professor Librum noch in der Universität. So konnte Hugo alles, was er an Essbarem finden konnte, in einen Korb packen und in die magische Bibliothek tragen. Hier saßen Becky, Hugo, Ben und Pippa, Watson und Lotti, Gordon und Ignaz Plauz nun mit allen magischen Wesen und erzählten von ihrem Abenteuer.

„Bestimmt wäre aus euch ein furchtbar monsterliches Wesen geworden", überlegte Gordon. „Ein Glück, dass Becky und Lotti das verhindert haben. Jetzt schmoren das Rumpelstilzchen und die Giftzwerge bei Wasser und Brot in Pomeranzas Gefängnis. Wunderherrlich!" Er sah in die Runde. „Seid ihr mir böse, wenn ich nun verschwinde? Ich vermisse meinen Irrgarten im Schlosspark. Ich bin schon ganz trübsinnlerisch vor lauter Sehnsucht."

Becky lachte. „Kein Problem, Gordon. Wir kommen dich bald besuchen."

„Noch einmal vielen Dank für deine Hilfe." Ben wollte dem Gespenst die Hand schütteln, hatte jedoch vergessen, dass Geister nicht zu greifen sind.

„Bis die Tage!" Vergnügt wirbelte der Flattergeist durchs geöffnete Fenster und hinunter in den Schlosspark.

Ben sah auf die Uhr. „Ich glaube, Pippa und ich sollten auch nach Hause gehen. Am besten jetzt, wenn Hugos

Mutter und Beckys Vater noch in der Uni sind. Wir haben zwei Abenteuer hintereinander erlebt, ohne Pause! Auch wenn die Zeit in der magischen Welt anders vergeht als hier, merke ich, dass ich müde bin. Was meinst du, Pippa?"

Das Mädchen schnappte sich noch Kuchen und stand auf. „Bin fertisch. Wir können gehen. Die Tschaubersäbe lassen wir hier, bevor schie jemand entdeckt."

Müde schlurfte sie ihrem Cousin hinterher.

„So ein starkes und tapferes kleines Mädchen", stellte Glimmeria bewundernd fest.

„Und miaunzig hungrig." Pepper wedelte amüsiert mit dem Schwanz.

Genoveva nickte. „Würdet ihr uns wohl noch ein bisschen von eurem Abenteuer berichten, Hugo, Becky, Watson und Lotti? Ignaz natürlich auch. Darf ich fragen, wie ihr das Rumpelstilzchen und die Giftzwerge in Pomeranzas Schloss gebracht habt?", erkundigte sie sich.

„Wir haben sie jeweils auf dem Rücken eines Vielflügelkäfers festgebunden." Ignaz' Augen leuchteten. „Erst nachdem sie im Gefängnis waren, habe ich die Käfer zurückverwandelt. Die Tierchen waren sehr froh, als sie wieder ihre ursprüngliche Größe hatten."

„Unterwegs haben wir uns noch von Mama Huhn und Mo verabschiedet", erzählte Becky. „Das war traurig. Wie immer, wenn wir die magische Welt verlassen."

„Oh weh! Ich habe die Zelle genau vor Augen, in der das Rumpelstilzchen und die Giftzwerge nun eingesperrt sind", sagte Lady Greenie. „Immerhin haben wir dort selbst vor einiger Zeit gehockt."

„Bitte erinnere uns nicht daran." Lady Botterblom schüttelte sich. „Das Gefängnis von Königin Pomeranza ist wahrlich kein schöner Ort."

„Aber genau richtig für das Rumpelstilzchen und seine Helferlein", erklärte Ignaz.

Hugo nickte. „Ich war bis zum Schluss nervös, ob nicht doch noch ein fauler Zauber passiert. Für mich war unsere Mission erst beendet, als Luitpold den Schlüssel der Zelle umgedreht hat."

„Luitpold“, sagte Ferdinand, „mein löber Cousön. Er wörd die Schurken gut bewachen.“

Glimmeria drückte Beckys Hand. „Es war großartig, wie du den Lichtzauber gesprochen hast. So mutig!“

Becky deutete auf Ignaz. „Wir waren nur Lehrlinge. Die meiste Arbeit hat Ignaz gemacht.“

„Oh, du machst mich ganz verlegen, Becky.“ Der Zauberer blickte zu Boden. „Ihr wart sehr gelehrige Schülerinnen und Schüler. Wer weiß, vielleicht werdet ihr noch ein bisschen weiterzaubern, wenn ich wieder in meinem Buch verschwunden bin. Immerhin habt ihr eure Zauberstäbe aus dem Donnerknattertal mitgenommen. Ihr braucht mich hier nicht mehr. Darf ich darum bitten, dass mich einer von euch in mein Buch zurückliest?“

Hugo zog sich mit dem Zauberer und dem Buch in den hinteren Teil der Bibliothek zurück.

„Ihr habt alle euer Bestes gegeben." Genoveva umarmte Becky und tupfte sich ein Tränchen von der Wange. „Ich habe fast einen Herzinfarkt bekommen, als das Rumpelstilzchen das Licht in der magischen Welt ausgeknipst hat. Was für ein mächtiger dunkler Zauber!"

„Das stimmt. Stellt euch vor, ich konnte ihn sogar schon spüren. Dunkle Magie wirkt so furchtbar schnell und ist so stark." Becky wuschelte Lotti durchs Fell. „Wenn du nicht gewesen wärst, wäre die ganze Sache schiefgegangen. Dann würden wir jetzt als vierköpfiges Monster in der magischen Welt feststecken."

Das Streifenhörnchen plusterte sich auf. „Stimmt genau. Ich war eine der Hauptpersonen und unglaublich wichtig. Aber jetzt ist alles vorbei, die dunkle Magie ist weit weg in der magischen Welt. Da soll sie bleiben."

„Ihr habt Malinas Buch also nicht mitgenommen?", fragte Glimmeria neugierig.

„Nein, das liegt sicher verwahrt bei Pomeranza." Becky gähnte. „Die Königin braucht es für Malinas erneute Aufnahme in den Feenrat und das große Fest. Das ist alles nicht aufgehoben, sondern nur aufgeschoben. Und natürlich wollen wir dabei sein! Wir haben nur die Zauberstäbe mitgebracht, die können wohl keinen Schaden anrichten."

Die drei Buxies packten sich an den Händen.

„Dürfen wir uns die Stäbe einmal ansehen?", wisperte Lady Botterblom.

„Klar." Becky gähnte wieder. „Sie liegen auf dem kleinen Tisch dort vorn. Tut mir leid, ich bin so erschöpft, dass ich auch bald ins Bett falle. Ich warte nur noch, bis Hugo Ignaz wieder zum Schwebewesen gelesen hat."

Müde lehnte sich Becky an das Sofa, auf dem Glimmeria und Genoveva saßen und leise mit Ferdinand und Pepper plauderten. Becky fielen sofort die Augen zu.

So bekam sie nicht mit, wie die drei Buxies zum Tisch mit den Zauberstäben schritten. Doch was sie dort sahen, waren keine leblosen Holzstäbe. Ganz im Gegenteil! Die Zauberstäbe krümmten sich, versprühten dunkle Funken, hoben sich von selbst in die Luft, beschrieben Kringel, magische Kreise und Linien. Entsetzt beobachteten die Damen, wie sich

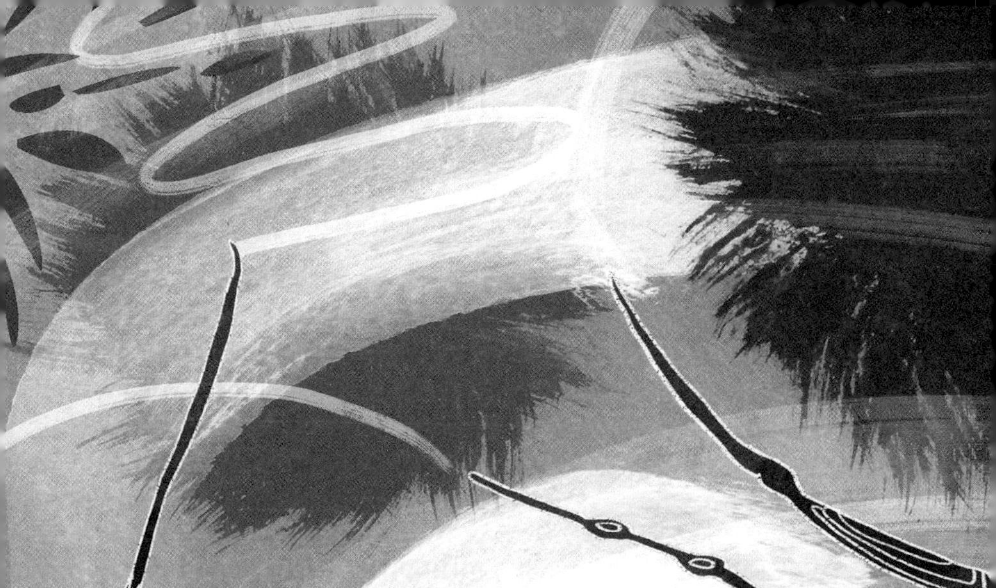

einer der Zauberstäbe dem Fußboden näherte und dort einen Kreis zeichnete. Es folgte ein fünfeckiger, sich überschneidender Stern.

„Ein Pentagramm", flüsterte Lady Greenie.

Alle drei rückten enger zusammen und verfolgten das Treiben der entfesselten Zauberstäbe und blickten wieder und wieder auf den Fußboden der magischen Bibliothek.

„Das Pentagramm. Ein Schlüsselsymbol in der Magie", hauchte Lady Botterblom. „Die fünf Zacken des Sterns stehen für die Elemente: Feuer, Wasser, Erde, Luft und Geist."

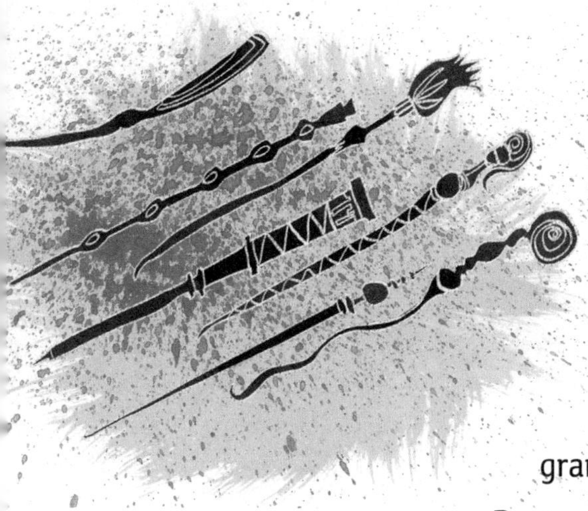

Lady Rose wimmerte. „Liebe … liebe Freundinnen. Du meine Güte! Seht ihr denn nicht? Beim Pentagramm zeigt die Spitze nach oben. Das ist kein Pentagramm, das ist ein umgekehrtes Pentagramm. Der Zauberstab hat einen Drudenfuß gezeichnet. Schwarze Magie aus dem Donnerknattertal hat ihren Weg ins Schloss Rosenbolt gefunden! Sie verbreitet sich unaufhaltsam! Die Zauberstäbe machen sich selbstständig, wir müssen sie stoppen, sonst ist unser Zuhause, die magische Bibliothek, verloren!"

Barbara Rose ist Kinder- und Jugendbuchautorin und Journalistin. Über zehn Jahre lang hat sie sich Geschichten fürs Fernsehen ausgedacht und Sendungen für Kinder und Jugendliche im Radio moderiert. Inzwischen arbeitet sie als freie Autorin und kann das tun, was ihr am meisten Spaß macht: Bücher schreiben und daraus vorlesen. Barbara Rose wohnt in der Nähe von Stuttgart. Mehr zur Autorin unter: www.barbara-rose.info

Annabelle von Sperber, Jahrgang 1973, ist Diplom-Designerin und studierte Buchkunst in Hamburg. Ihre Bilder zeichnen sich durch warme Farben, leidenschaftliche Figuren, einen feinen Humor, Lebensfreude und die Liebe zum Detail aus. International machte sie sich mit ihren Kunst- und Architektur-Wimmelbüchern einen Namen. Außerdem lehrt sie an der *Akademie für Illustration und Design Berlin* und an der *Akademie Faber-Castell*. Annabelle von Sperber lebt in Berlin und im Schwarzwald.